loqueleọ

DIOSES Y HÉROES DE LA MITOLOGÍA GRIEGA
D.R. © del texto: Ana María Shua, 2011
D.R. © de las ilustraciones: Fernando Falcone, 2011
Primera edición: 2013

D.R. © Editorial Santillana, S.A. de C.V., 2016
Av. Río Mixcoac 274, piso 4
Col. Acacias, México, D.F., 03240

ISBN: 978-607-01-2949-0

Published in the United States of America
Printed in Colombia by Editora Géminis S.A.S.
22 21 20 19 18   1 2 3 4 5 6 7 8 9

www.loqueleo.santillana.com

Dioses y héroes de la mitología griega

Ana María Shua

Ilustraciones de Fernando Falcone

loqueleo

¿Otra vez los mitos griegos?

Y otra. Y otra. Siempre los mitos griegos (y romanos, que son más o menos los mismos con otros nombres). Porque son extraños y maravillosos, pero también familiares y cercanos. Porque están vivos. Porque seguimos hablando de ellos, porque los tenemos incorporados al idioma (¿acaso a un hombre forzudo no se le llama *un hércules*?, ¿acaso las palabras *Eros* o *Venus* no siguen evocando al amor y al deseo?), porque son la fuente de la que seguimos nutriéndonos los escritores, los guionistas de cine, los inventores de historias del mundo entero, y también los pintores, los arquitectos, los músicos. En los dibujos animados, en las películas de aventuras, en las estatuas, en los edificios, los mitos griegos y romanos están presentes y nos saludan (o nos acechan) todos los días.

Cada época ha sentido la necesidad de volver a contar a su manera, de acuerdo con su propia sensibilidad, estas historias en las que parecen concentrarse al mismo

tiempo todo el poder de la fantasía y todas las contradic-
ciones de la razón y la sensibilidad humanas. Yo las leí
por primera vez en un libro para chicos que estaba muy
de moda allá por los años cincuenta del siglo pasado: *El
Tesoro de la Juventud*. Y me enamoré para siempre de los
héroes y los dioses, pero también de los monstruos, con
sus múltiples cabezas, su aliento de fuego, sus cabellos de
serpiente. Por eso sentí una enorme alegría cuando em-
pecé a leer y estudiar los mitos para tratar de escribirlos
una vez más a la manera del siglo XXI. Ojalá haya logrado
transmitir a mis lectores una pequeña parte del terror,
la emoción y la felicidad que me provocan estas historias
extraordinarias.

Síganme. Les propongo entrar al más extraño y oscuro
de los laberintos: el de la imaginación humana.

ANA MARÍA SHUA

Así comenzó el Universo

Antes que todas las cosas, en el comienzo de todos los comienzos, sólo existía el Caos infinito: la confusión y el desorden de lo que no tiene nombre.

Y del Caos surgió Gea, la Madre Tierra, enorme, hermosa y temible. Como Gea se sentía muy sola, quiso tener un marido a su medida. Pero ¿quién podía ser tan inmenso como para abrazar a la Tierra entera? Ella misma creó, entonces, el Cielo Estrellado, que es tan grande como la Tierra y todas las noches la cubre, extendiéndose sobre ella. Y lo llamó Urano.

Gea y Urano, es decir, la Tierra y el Cielo, tuvieron muchos hijos. Primero nacieron doce Titanes, varones y mujeres. Después nacieron tres Cíclopes, gigantes con un solo ojo en medio de la frente. Los Cíclopes fueron los dueños del Rayo, el Relámpago y el Trueno. Y finalmente nacieron los tres Hecatónquiros, monstruos violentos de cincuenta cabezas y cien brazos.

Urano desconfiaba de sus hijos: temía que uno de ellos lo despojara de su poder sobre el Universo. Y por eso no les permitía ver la luz. Los mantenía encerrados en las oscuras profundidades de la Tierra, es decir, en el vientre de su propia madre. Ese lugar oscuro y terrible se llamaba el Tártaro. Gea, inmensa, pesada, no soportaba ya la tremenda carga de tantos hijos aprisionados dentro de su cuerpo y sufría también por ellos y por su triste destino.

—Sólo ustedes pueden ayudarme, hijos míos —les rogó—. Con esta hoz mágica que yo misma fabriqué, deben enfrentarse a Urano. ¡Ya es hora de que pague por sus maldades!

Pero los hijos, aunque eran enormes y poderosos, se sentían pequeños frente a su padre, el inmenso Cielo Estrellado, y no se atrevían a asomarse fuera de la Madre Tierra. Sólo el joven Cronos, el menor de los Titanes, un malvado de mente retorcida, estuvo dispuesto a ayudarla. Pero no fue sólo por amor a su madre, sino porque, tal como lo temía Urano, planeaba quedarse con todo el poder.

Una noche, cuando Urano, el Cielo Estrellado, llegó trayendo consigo a la oscuridad, y cayó sobre la Tierra, envolviéndola en su abrazo, su hijo Cronos le cortó los genitales con la hoz que su madre le había entregado y los arrojó al mar. En ese lugar, rodeada de espuma, nació la más hermosa de las deidades, Afrodita[1], la diosa de la belleza y el amor.

---

[1] Para más información sobre Afrodita, ir a la pág. 182.

—¡Maldito seas! —gritó Urano, enloquecido de dolor—. ¡Yo te condeno a que uno de tus propios hijos te destruya, como hiciste conmigo!

Entretanto, Cronos le había prometido a su madre liberar a todos sus hermanos de las profundidades del Tártaro, donde estaban encadenados. Pero cuando vio a los Cíclopes y a los Hecatónquiros, de aspecto tan aterrador, decidió que era mejor volver a encadenar a esos monstruos. Sólo los Titanes, los más parecidos a él, quedaron libres y lo ayudaron a gobernar.

Urano no murió, pero ya no tenía el poder. Ahora era Cronos, el joven Titán de mente retorcida, el que reinaba sobre el Universo.

Los hijos de Cronos

Después de destronar a su padre, el joven titán Cronos se casó con la titánida Rea, la de hermosos cabellos. Tuvieron seis hijos.

Pero Cronos no olvidaba la maldición de su padre Urano. Con su mente malvada y retorcida, decidió que ninguno de sus pequeños crecería lo suficiente como para enfrentarse con él. Simplemente, se los comería vivos.

Y así fue. Primero nació la pequeña Hestia[2]. Su madre apenas había comenzado a envolverla en pañales cuando Cronos la tomó con sus enormes manos y la devoró en un instante. Rea, la de hermosos cabellos, no podía creer lo que había pasado. Su corazón sangraba de dolor.

Uno por uno, Cronos fue devorando a sus hijos. Deméter, Hera, Hades, Poseidón... apenas alcanzaba la madre, desesperada, a ponerles nombre, cuando ya se habían convertido en monstruoso alimento para su padre.

---

[2] Para más información sobre Hestia, ir a la pág. 189.

Rea estaba en su sexto embarazo cuando pidió ayuda a su madre, Gea, para salvar a ese bebé. ¡Aunque fuera uno solo de sus hijos tenía que escapar a ese horrendo destino! Siguiendo los consejos de su madre, Rea le dijo a su marido que debía hacer un viaje a la isla de Creta. Allí, en medio de un bosque espeso había una profunda caverna, donde se ocultó la titánida para parir a Zeus[3], el menor de sus hijos. Gea, la Madre Tierra, se hizo cargo del pequeño. Una cabra le daba su leche y las abejas del monte destilaban para él la miel más exquisita.

Entretanto, Rea volvió con su marido, quejándose como si estuviera sufriendo en ese momento los dolores del parto. Poco después le entregó a Cronos lo que parecía un bebé, su sexto hijo. Cronos se lo tragó sin dudar un segundo. Sólo le pareció que este hijo resultaba más pesado que los anteriores: lo que le había dado su esposa era una enorme piedra envuelta en pañales.

Zeus creció rápidamente y en sólo un año se había convertido en un dios adulto y poderoso. Su abuela Gea tenía preparado un plan para librarse del malvado Cronos. Pero antes era necesario que Zeus recuperara a sus hermanos. Con ayuda de Rea, hicieron tragar a Cronos una poción mágica que lo obligó a devolver a la vida a todos los hijos que había devorado. Así, convertidos ya en adultos, en toda su fuerza y majestad, se desprendieron de la carne de

---

[3] Zeus, dios máximo del Olimpo. Para más información, ir a la pág. 181.

Cronos los hermanos de Zeus. De este modo, volvieron a la vida Hestia, Deméter, Hera, Hades y Poseidón[4], y se fueron a vivir junto a Zeus, en lo alto del monte Olimpo. Debían prepararse para la guerra que se avecinaba. ¡Cronos pagaría por su maldad!

---

[4] Deméter es la diosa de la tierra cultivada; Hera, la diosa del matrimonio y de la fidelidad; Hades, el dios de los muertos, y Poseidón, el dios de los mares. Para más información, consultar las págs. 187, 186, 184 y 183, respectivamente.

La guerra de los Inmortales

Las profecías aseguraban que Zeus sería el rey de los dioses y el dueño del Universo. Pero, por el momento, no parecía tan sencillo. Antes era necesario destronar a su padre, el malvado Cronos, quien contaba con el apoyo de sus hermanos, los Titanes.

El Universo entero temblaba: había comenzado la Guerra de los Inmortales.

Durante diez años, desde las alturas del Olimpo, lucharon los nuevos dioses contra los Titanes, y la suerte de la guerra seguía indecisa. El propio Zeus comenzaba a temer que la profecía no llegara a cumplirse. Fue entonces cuando decidió consultar a su anciana y sabia abuela, Gea, la Madre Tierra.

—Cronos tiene enemigos poderosos —le dijo Gea—. ¡También ellos son mis hijos, aunque sean deformes! Si liberas de sus cadenas a los Cíclopes y a los Hecatónquiros, atrapados en el Tártaro, ellos te ayudarán a vencer a tu malvado padre.

Entonces Zeus bajó a las oscuras profundidades del Tártaro y desencadenó a los Cíclopes, gigantes con un solo ojo en medio de la frente, y también a los Hecatónquiros, los monstruos de cincuenta cabezas y cien brazos. Los dioses olímpicos los invitaron a su morada cerca de las nubes, y compartieron con ellos sus exquisitos alimentos, el néctar y la ambrosía. Así, los convirtieron para siempre en sus aliados.

Agradecidos por su liberación, los Cíclopes le regalaron a Zeus tres armas invencibles: el Trueno, el Rayo y el Relámpago. Le entregaron a Hades un casco que lo hacía invisible. Y le dieron a Poseidón un tridente tan poderoso que con un solo golpe podía hacer temblar la tierra y el mar.

La batalla final fue atroz. Luchaban entre sí seres gigantescos, que podían causarse terribles heridas, podían triunfar o ser derrotados, pero no podían matarse unos a otros, porque todos eran inmortales. Mujeres y varones luchaban sin descanso, sin piedad. Cada uno de los Hecatónquiros levantaba enormes rocas con sus cien manos. Después avanzaban los tres juntos hacia delante, arrojando trescientas rocas al mismo tiempo sobre los Titanes. Zeus lanzaba sus terribles rayos, Poseidón provocaba terremotos y Hades, invisible, parecía estar en todas partes al mismo tiempo. El mar resonaba, vibraba el monte Olimpo desde su pie hasta la cumbre, el Cielo gemía estremecido y las violentas pisadas retumbaban en lo más hondo de la Tierra. Los bosques se incendiaban y hervían los océanos.

Cegados por la violenta luz de los rayos y la humareda que se levantaba de los incendios, semienterrados por la lluvia de enormes piedras, los Titanes fueron vencidos por fin. Zeus los condenó a ser encadenados en el Tártaro, donde los Hecatónquiros se convirtieron en sus guardianes.

(Si un yunque de bronce bajara desde la superficie de la Tierra durante nueve noches con sus días, al décimo día llegaría al Tártaro, tan profundo es ese abismo, horrendo incluso para los dioses inmortales).

Victoriosos, los dioses decidieron repartirse el poder. Para evitar más luchas, hicieron un sorteo. A Zeus le tocó el cielo, Poseidón obtuvo dominio sobre el mar y Hades se adueñó del mundo subterráneo.

Pero Zeus, el rey de los dioses, gobernó además sobre todos los mortales y los inmortales.

Y sin embargo, el Universo no estaba en paz. Gea, la Tierra, se revolvía, furiosa. ¿Cómo se había atrevido su nieto, el soberbio Zeus, a encerrar a sus propios tíos en el Tártaro? Como madre de los Titanes, Gea no podía permitir que los nuevos dioses gobernaran el Universo. Por el momento, los Olímpicos habían triunfado. Pero Gea meditaba su venganza.

Tifón, el horror

Gea, la Tierra, estaba enfurecida contra Zeus y los Olímpicos. Para vengar a sus hijos, los Titanes, cuidaba y alimentaba desde hacía siglos a Tifón, el horror absoluto.

La diosa Hera, esposa de Zeus, siempre estaba celosa de su marido (con buenas razones). No le costó mucho a Gea convencerla de que Zeus se había portado mal con ella una vez más. Loca de celos, Hera fue a ver a Cronos, el Titán de mente malvada y retorcida, que estaba encadenado en el Tártaro, y le pidió ayuda. Cronos, que odiaba a su hijo Zeus, le entregó a Hera dos huevos que debían enterrarse juntos.

—Una sola criatura nacerá de los dos —dijo con voz torva—. ¡Un demonio capaz de vengarte!

Así nació Tifón, que no era un ser humano, ni un dios, ni una fiera. Hera se asustó al verlo, pero Gea se lo llevó con ella para criarlo y prepararlo para enfrentar a los Olímpicos. Era el monstruo de los monstruos, tan alto que su cabeza rozaba las estrellas. Cuando abría los brazos, una mano llegaba hasta el extremo Este, y la otra, hasta el Oeste mismo. En lugar de dedos, tenía cien cabezas de dragón. De la cintura para abajo, estaba hecho de víboras, que a veces se alzaban silbando hasta su cabeza humana. Tenía el cuerpo alado y despedía llamas por los ojos[5].

Y por fin, cuando Tifón alcanzó toda su fuerza y su poder, Gea decidió que había llegado el momento de lanzarlo contra sus enemigos. Los propios dioses se aterraron cuando vieron a este monstruo inmenso alzarse hacia el Olimpo. Las víboras silbaban y las cabezas de dragón rugían todas a la vez con el estruendo de un ejército de gigantes. Hera estaba arrepentida, pero ya era tarde. Al ver que atacaba el Olimpo, los dioses huyeron hacia Egipto, donde se convirtieron en animales para no ser descubiertos. Sólo Zeus y su hija Atenea[6], la diosa de la sabiduría y de la guerra, se atrevieron a enfrentarlo.

Zeus trató de fulminar a Tifón desde lejos con sus rayos, pero fracasó y finalmente se vio obligado a luchar cuerpo a cuerpo con su hoz de acero, la misma que había usado su padre Cronos contra Urano. Consiguió herirlo, pero las fuerzas del monstruo eran casi infinitas. En un ataque violento y veloz, Tifón enroscó sus víboras en las

---

[5] De su unión con Equidna, otro monstruo mitad mujer, mitad serpiente, nacieron todos los horrores que devastaban la Tierra: la Esfinge de Tebas, el Can Cerbero, el águila que devoraba el hígado de Prometeo y muchos otros.

[6] Para más información sobre Atenea, ir a la pág. 190.

piernas de Zeus y lo hizo caer, arrancándole el arma de las manos. Y con su misma hoz hirió al dios, cortándole los tendones de los brazos y las piernas.

No era posible matar a Zeus, pero así, inmovilizado, se había vuelto completamente inofensivo. Tifón se lo cargó a la espalda y lo llevó hasta una gruta, donde terminó de arrancarle músculos y tendones y lo dejó enterrado. Envolvió los músculos y tendones del dios en una bolsa hecha de piel de oso y la puso al cuidado de su hermana, la dragona Delfina, una horrenda criatura mitad mujer y mitad reptil.

Sólo Hermes, el dios de los ladrones[7], podía haber engañado a Delfina, y así fue. En secreto, silenciosamente, se acercó con su hijo Pan hasta la guarida de la dragona. Con su flauta mágica, Pan tocó una canción adormecedora. La enorme cabeza de Delfina comenzó a balancearse de sueño y sus ojos se cerraron. Mientras su hijo seguía tocando sin descanso, Hermes le robó a la dragona la bolsa de piel de oso. Más tarde, entre los dos, consiguieron devolverle a Zeus las fuerzas, colocando músculos y tendones en su lugar. Con una poción mágica, Hermes curó las heridas del gran dios, que pronto estuvo otra vez en condiciones de volver a la lucha.

Zeus regresó al Olimpo y, montado en un carro con caballos alados, se lanzó a perseguir al monstruo con sus rayos.

---

[7] Para más información sobre Hermes, ir a la pág. 196.

Tifón, sorprendido por un enemigo al que creía haber derrotado, huyó en dirección a un monte donde le habían dicho que existían frutos mágicos, capaces de multiplicar la fuerza de cualquiera que los comiese. Cuando Zeus estaba a punto de alcanzarlo, trató de defenderse arrojándole encima montañas enteras que arrancaba del suelo. Con sus rayos, Zeus se las devolvía lanzándolas una vez más por el aire. Las montañas golpeaban contra el monstruo, haciéndolo sangrar y debilitando sus fuerzas.

Tifón se dio cuenta de que ya no podría derrotar al dios. Ahora sólo pensaba en escapar. Trató de atravesar lo más rápidamente que pudo el mar de Sicilia, pero cuando estaba llegando a la costa este de la isla, Zeus tomó la montaña más grande de todas, la arrojó con todas sus fuerzas, y logró aplastar al monstruo debajo de esa inmensidad rocosa. Y desde entonces Tifón quedó para siempre apresado allí, debajo del monte Etna: las llamas que despide el volcán son el fuego de sus ojos.

Y ahora sí, por fin, el Universo estuvo en paz.

Prometeo enfrenta a Zeus

Prometeo era hijo de uno de los Titanes. Gea y Urano fueron sus abuelos, es decir, era primo de Zeus. A pesar de pertenecer a la estirpe de los Titanes, decidió luchar del lado del gran dios en su guerra contra Cronos.

Valiente y astuto, Prometeo tenía una debilidad. Amaba a los seres humanos, que intentaban sobrevivir, con mucho sufrimiento, sobre la superficie de la Tierra. Zeus, en cambio, no se interesaba mucho en ellos y estaba dispuesto a destruirlos. Muchos afirmaban que el interés de Prometeo en la humanidad se debía a que él mismo había sido su creador.

Como no tenían poder sobre el fuego, los mortales vivían miserablemente. En las noches oscuras, sólo podían protegerse de las fieras escondiéndose en la profundidad de las cavernas. No podían trabajar los metales para fabricar armas o herramientas, y tenían que contentarse con lo que lograran hacer tallando piedras. Comían sus alimentos crudos y vivían casi como animales. Poco podía su inteligencia sin el fuego que Zeus les negaba.

El que trabajaba con fuego todo el día era uno de los hijos de Zeus, ese dios rengo y malhumorado llamado Hefesto[8], que estaba casado con la más bella de todas las diosas, la increíble Afrodita. En su fragua, en las profundidades de la Tierra, debajo de un volcán, Hefesto fabricaba las armas de los dioses, con ayuda de los Cíclopes.

Prometeo, utilizando su ingenio, se acercó a la fragua de Hefesto para conversar amablemente con el dios. Y, en una distracción, consiguió robar un poco de fuego, unas cuantas brasas encendidas que escondió en el interior de una caña hueca. Con ese regalo asombroso, se presentó ante sus queridos hombres. Y no sólo les entregó el fuego: les enseñó a cuidar de que no se apagara, a encenderlo y a utilizarlo de todas las maneras posibles: les entregó la técnica de construir viviendas, armas, herramientas. Desde que fueron dueños del fuego, por primera vez los hombres se sintieron superiores a todos los demás seres que poblaban la Tierra.

Zeus estaba furioso. Prometeo había desobedecido sus órdenes y debía recibir un castigo ejemplar. Con cadenas de acero, lo sujetó a una roca en el Cáucaso y envió a un águila monstruosa a devorarle el hígado. Para que el castigo fuera terrible y eterno, todas las noches el hígado de Prometeo volvía a crecer, y el águila se alimentaba de

---

[8] Hefesto es el dios del fuego. Para más información, ir a la pág. 191.

él durante el día. Zeus juró por lo más sagrado que jamás desataría a Prometeo de la roca.

¿Pasaron años, siglos, milenios? Nadie lo sabe. Mucho, mucho tiempo después, Heracles, un hombre hijo de Zeus, pasó por allí en su camino al Jardín de las Hespérides. Heracles mató a flechazos al águila que lo atormentaba y rompió sus cadenas. Prometeo, agradecido, lo ayudó con sus consejos.

Zeus quería mucho a su hijo Heracles y a pesar de todo estaba orgulloso de su hazaña. Pero ¿cómo podía permitir que Prometeo quedara libre sin romper su juramento? Con una gran idea: hizo que Hefesto fabricara un anillo con el acero de la cadena, que engarzara en él un trozo de la roca a la que Prometeo había estado atado, y lo hizo jurar que jamás se quitaría ese anillo. Así, Prometeo quedó libre para siempre y, al mismo tiempo, para siempre encadenado a la roca del Cáucaso.

La caja de Pandora

Los hombres tenían el fuego, que Prometeo había robado para ellos. Ahora vivían libres de todo mal, no sufrían el cansancio ni el dolor ni las enfermedades. Se habían vuelto altaneros y peligrosos. Para mantener el orden en el Universo, Zeus debía dejar bien clara la diferencia entre hombres y dioses.

—¡Les haré un regalo maldito! —rugió Zeus.

Había llegado el momento de crear a la mujer. La llamó Pandora y todos los dioses participaron en su creación. Con arcilla y agua, Hefesto modeló un bellísimo cuerpo parecido al de las diosas inmortales. Atenea, la diosa de la sabiduría, le enseñó las labores femeninas, sobre todo a hilar y tejer hermosas telas. Afrodita, la diosa del amor, le otorgó gracia y atractivo. Y Hermes, el dios de los ladrones y mensajero de los dioses, le enseñó a mentir.

Entonces, Pandora fue entregada por los dioses a Epimeteo. Junto con la mujer, le regalaron una bonita vasija de cerámica trabajada con bajorrelieves. Antes de ser encadenado en el Cáucaso, Prometeo les había advertido a los hombres que jamás aceptaran un regalo de Zeus, porque el gran dios estaba tramando una cruel venganza contra ellos. Pero cuando Epimeteo vio a Pandora, simplemente no se pudo resistir. La amó inmediatamente. No podía ser éste el regalo envenenado de los dioses. En todo caso, lo importante era no abrir jamás la vasija: allí debía de estar el peligro.

·Epimeteo le hizo jurar a Pandora que jamás abriría la vasija. Pero apenas la dejó sola por primera vez, Pandora no pudo resistir la curiosidad. ¡Un regalo de los dioses debía de ser algo maravilloso! No hacía falta destapar la vasija, no tenía por qué romper su promesa. Sólo levantaría un poquito la tapa para mirar adentro.

Pandora corrió apenas, menos de un dedo, la tapa de la maldita vasija, y fue suficiente. En un enjambre horrible, oscuro, escaparon de allí todos los males que torturan a la humanidad. Como moscardones negros y pesados, echaron a volar el Dolor, la Vejez, el Cansancio, la Enfermedad y la Muerte. Aterrada, Pandora cerró inmediatamente la vasija.

Y algo, a pesar de todo, alcanzó a encerrar en su interior. ¿Qué era? Se percibían golpecitos tan suaves como si los dieran las alas de una mariposa. Pandora levantó un poquito la tapa para mirar y vio un maravilloso brillo dorado. Entonces ya no tuvo miedo y, abriendo del todo, dejó volar a la hermosa, engañosa Esperanza, que nadie sabe si es un bien o es un mal.

Por culpa de la ciega Esperanza, los seres humanos soportan todo el mal que los hace sufrir sobre la Tierra. Gracias a ella son felices, a veces, a pesar de todo.

Deucalión y Pirra, los sobrevivientes del Diluvio

Los Inmortales estaban indignados. Los hombres, que habían sido creados para servir y honrar a sus dioses, se habían convertido en una raza impía. Dejaban abandonados los templos y los altares, ya no hacían sacrificios, y el delicioso humo de las reses asadas no ascendía hasta el Olimpo. ¿Qué sentido tenía que existieran sobre la Tierra?, se preguntaban.

Ninguno, decidió Zeus. Había que exterminar de una vez por todas a esa raza inútil y maldita. La humanidad no servía para nada y debía ser destruida. Hubiera sido sencillo usar sus rayos para fulminarla, pero a pesar de que Gea había enviado contra él a Tifón, Zeus no quería dañar a su abuela Tierra, la Gran Madre de Todas las Cosas. Entonces se decidió por una solución sencilla: una gigantesca inundación haría que todos los hombres murieran ahogados.

Pero Prometeo, el Titán, amaba a la humanidad, a la que le había entregado el fuego y, junto con el fuego, el conocimiento y el dominio sobre el mundo. Tenía un hijo mortal, Deucalión, el rey de Tesalia, que estaba casado con Pirra, hija de Epimeteo y de la primera mujer mortal, la bella y temible Pandora. De entre todos los seres humanos, Deucalión y Pirra eran los únicos que podían ser llamados realmente justos, buenos, sabios y, sobre todo, obedientes y temerosos de los dioses. Visitaban los templos, hacían sacrificios, honraban y reverenciaban a los Olímpicos de todas las maneras posibles.

Prometeo le rogó a Zeus por la vida de su hijo y su nuera y, a través de ellos, de toda la humanidad. Y el gran dios de los dioses aceptó que se les permitiera construir un arca, un gran cofre que flotaría sobre las aguas y les daría la posibilidad de sobrevivir.

Entonces Zeus desató todo su poder en una tormenta que no tuvo igual sobre la Tierra. Dejó encerrados a los vientos secos y liberó a todos los vientos húmedos. Lanzó rayos y relámpagos que destrozaron las nubes y las convirtieron en un diluvio incesante. La lluvia era tremenda, aterradora, brutal y parecía eterna. En ayuda de su hermano, Poseidón convocó a las mareas, para que el agua de los océanos se desbordara sobre la Tierra. Los dioses de los ríos los hicieron crecer y salirse de sus cauces, alimentados por la lluvia. Habían pasado apenas unas horas cuando el arca de Deucalión y Pirra flotaba ya sobre las aguas.

Durante nueve días y nueve noches el diluvio azotó la Tierra. Al principio, algunos hombres habían creído escapar refugiándose en las colinas, pero pronto fueron cubiertas por las aguas, y también las montañas.

El arca encalló por fin en la cumbre del monte Parnaso. Y, de pronto, dejó de llover. Deucalión y Pirra ya no eran los reyes de Tesalia. Todos sus súbditos habían muerto ahogados. Ahora eran apenas un hombre y una mujer, solos, mojados y tristes. ¿Qué podían hacer para que la humanidad volviera a la vida?

Cuando las aguas se retiraron, Hermes, el mensajero del Olimpo, descendió para ofrecerle a Deucalión un regalo del gran Zeus.

—Hombre, ¿qué deseas? —preguntó Hermes.

—Compañeros —dijo Deucalión.

—Tengo la respuesta de Zeus —dijo Hermes, sin sorpresa—. Deben tirar por encima de sus hombros los huesos de su madre, y la humanidad volverá a nacer.

El hombre y la mujer estaban horrorizados.

—¿Cómo vamos a arrojar los huesos de nuestras madres? —preguntó Pirra—. Sería un sacrilegio todavía más terrible que la maldad de los hombres que han sido destruidos.

Pero Deucalión, después de mucho pensar y de consultar al oráculo, finalmente comprendió: se trataba de arrojar piedras, que son los huesos de la Madre Tierra.

De las piedras que sembró Deucalión, nacieron hombres. De las que lanzó Pirra, nacieron mujeres. Para bien y para mal, la humanidad volvería a poblar el mundo.

Comenzaba la Edad de los Héroes.

HISTORIAS DE HÉROES Y HEROÍNAS

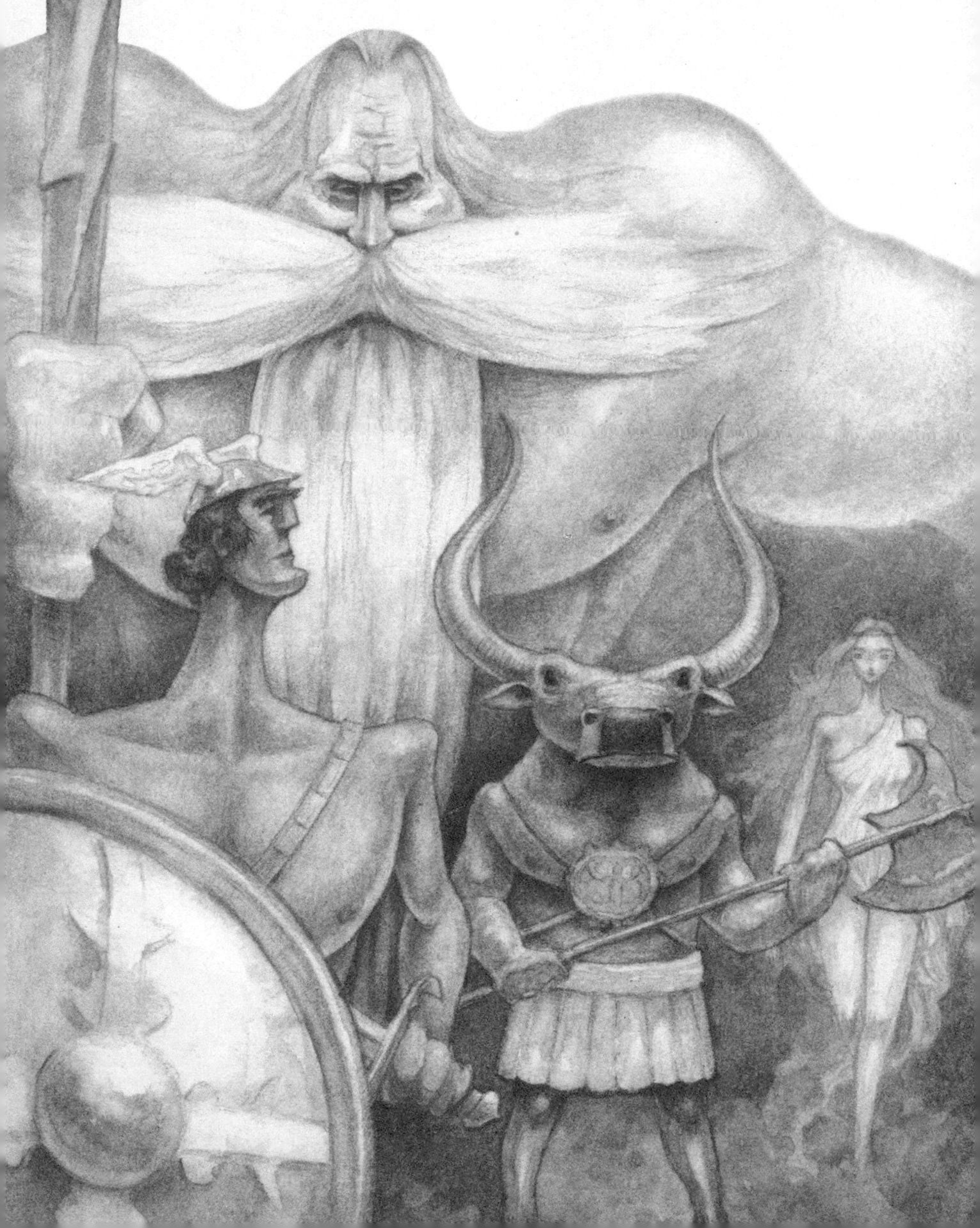

Las aventuras de Perseo

La profecía

Una atroz profecía desesperaba al rey de Argos: su propio nieto lo mataría. Había una sola manera de escapar a ese destino: debía matar a su hija con sus propias manos. Pero el rey amaba a su hija Dánae. La princesa era la más bella de las mujeres, más bella que las ninfas. Sólo con las diosas se podía comparar su hermosura. El mismísimo Zeus estaba enamorado de ella.

Para tratar de engañar al destino, el rey mandó construir una habitación subterránea, hecha de bronce, con lujos dignos de una princesa. Allí encerró a Dánae con su nodriza, y se ocupó de que nada les faltara. Pero la celda tenía una grieta en el techo. Y por allí entró Zeus, convertido en lluvia de oro.

Nadie entraba en ese cuarto secreto. Completamente solas, Dánae y su nodriza consiguieron mantener en secreto el embarazo y el nacimiento del bebé, al que llamaron Perseo. Hasta que un día el rey escuchó el llanto de su nieto y supo que sus planes habían fracasado.

Es difícil engañar al destino, pero el rey de Argos no se daba por vencido. Encerró a su hija y a su nieto en un arca de madera, con agua y alimentos, y los echó al mar, confiando en que las olas los llevarían tan lejos que nunca se cumplirían los malos presagios.

Poco después, en la lejana isla de Sérifos, un pescador encontró en la playa un arcón cerrado que las olas habían arrojado sobre la arena. Al abrirlo, su sorpresa fue enorme: una mujer y un niño, débiles, pero vivos y sanos, salieron del arca, guiñando los ojos desacostumbrados a la luz del sol. Este pescador no era un hombre cualquiera: era el hermano del tirano que gobernaba la isla, que lo había despojado injustamente del trono.

Dánae y su hijo vivieron con el buen pescador y su esposa. Unos años después, Perseo se había convertido en un adolescente que se destacaba por su sorprendente coraje. La belleza de Dánae, que era casi una niña cuando nació su hijo, aumentaba con los años y era muy difícil de ocultar.

El tirano de la isla se enamoró de ella y decidió librarse de ese hijo molesto que ya tenía suficiente edad como para proteger a su madre. Para eso, cierto día, invitó a todos los nobles de la isla a un banquete. Perseo, cuyo origen noble era evidente en su apostura y sus modales, estaba también allí.

—¿Qué regalo les parece digno de un rey? —preguntó el tirano a sus invitados.

—Yo le regalaría mi mejor caballo —dijo uno.

—¡Yo también! —fueron diciendo todos los demás.

Si la pregunta terminaba por convertirse en exigencia, ésa era una propuesta fácil de cumplir. Pero Perseo era demasiado joven, nada prudente, y había bebido más de una copa de vino.

—¡Yo le regalaría la cabeza de Medusa! —gritó, con entusiasmo.

—Muy bien —dijo el rey, satisfecho con la respuesta—. Quiero esos regalos.

Ir en busca de la cabeza de Medusa era una decisión suicida. Riéndose por dentro, el tirano pensó que librarse de Perseo sería mucho más sencillo de lo que había pensado.

La horrible Medusa

Medusa era una de las tres Gorgonas, monstruosas hijas de divinidades marinas. Vivían cerca del reino de Hades, no lejos del jardín de las Hespérides. Las tres eran horribles y dos eran inmortales. Sólo Medusa, la más peligrosa de las Gorgonas, era mortal.

En lugar de cabellos, la cabeza de Medusa estaba rodeada de serpientes. Tenía el cuello cubierto de escamas de dragón, más duras que cualquier metal, capaz de resistir el golpe de un hacha. Sus manos eran de bronce y podía

volar con sus alas de oro. Con su lengua protuberante y sus colmillos de jabalí, su cara de mujer conservaba poco de la belleza divina de sus padres. Era temida por hombres y dioses. Sólo Poseidón se había atrevido a amarla.

Pero lo más temible de Medusa era su mirada, esos ojos enloquecidos que echaban chispas. Cualquier ser vivo que mirara directamente a la cara de Medusa quedaba convertido en piedra. Los alrededores de su guarida estaban adornados por estatuas de piedra de hombres y animales que se habían atrevido a fijar su vista en los Ojos del Mal.

Contra este monstruo tendría que luchar el joven Perseo.

Las armas de Hermes y Atenea

Pero Perseo, además de ser un muchacho fuerte y valiente, era también el hijo de Zeus y contaba con la protección de los dioses. Apenas se puso en camino, vio venir a su encuentro a un hombre que llevaba un casco alado, sandalias aladas y una varita de oro con alas en un extremo: era Hermes.

—Tu valor no es suficiente, Perseo —le dijo el dios—. Necesitas las armas adecuadas. Yo puedo darte una espada con filo de diamante, la única capaz de cortar las escamas que protegen el cuello de Medusa. Pero no es suficiente.

La diosa Atenea apareció entonces ante ellos en toda su majestad. Y le entregó a Perseo su escudo de bronce, pulido de tal manera que reflejaba todo como un espejo.

—Y yo te daré mi escudo, Perseo. Cuando luches contra Medusa, no debes mirarla a la cara jamás. Mirarás solamente su reflejo en este escudo. Pero no es suficiente.

—Para conseguir todo lo que te hace falta, tendrás que consultar a las Ninfas del Norte —le dijo Hermes—. Y ni siquiera yo sé dónde viven. Sólo lo saben las tres Grayas.

La lucha contra Medusa

Las tres Grayas eran hermanas de las Gorgonas. Vivían siempre en penumbra, en una región donde no era ni de día ni de noche. En esa media luz las encontró Perseo. Las estudió desde lejos, siguiendo los consejos de Hermes.

Las Grayas eran tres mujeres viejísimas, arrugadas y consumidas. Entre las tres tenían un solo ojo y un solo diente, y se los iban pasando por turnos cada vez que necesitaban usarlos. Había un solo momento en el que ninguna de las tres podía ver: cuando una se sacaba el ojo de la frente para pasárselo a otra. En ese instante de debilidad, Perseo se lanzó contra ellas y les quitó el ojo y el diente.

—No los devolveré hasta que no me digan dónde viven las Ninfas del Norte.

Pero cuando las Grayas le indicaron el camino, el héroe no les devolvió enseguida el ojo y el diente porque sabía que, como hermanas de las Gorgonas, podían avisarles que estaba en su busca.

Las Ninfas del Norte lo ayudaron sin condiciones, porque sabían que ése era el deseo de los dioses. Le entregaron tres objetos mágicos. Unas sandalias aladas, que le servirían para llegar hasta la isla de las Gorgonas y para luchar desde el aire. Una bolsa mágica, que le serviría para guardar la cabeza de Medusa, cuya mirada seguiría siendo fatal, aun después de muerta. Y el casco de Hades, regalo de los Cíclopes, capaz de volver invisible a quien lo usara.

Gracias a las sandalias voladoras, Perseo llegó rápidamente a su destino. Las tres Gorgonas estaban dormidas, pero Medusa se despertó y lanzó la mirada de sus ojos feroces contra el joven héroe. Perseo no le devolvió la mirada. Luchaba guiándose por el reflejo de la imagen de su enemiga en el escudo. Desde el aire, se lanzó contra ella y con un solo tajo de su espada de diamante le cortó la cabeza[9]. Tomando con repugnancia esa cabeza llena de serpientes vivas, que seguían moviéndose y silbando, la metió sin mirarla dentro de la bolsa y huyó para no tener que enfrentarse con las otras Gorgonas. Las hermanas de Medusa quisieron vengarse, pero no pudieron perseguirlo porque, gracias al casco de Hades, Perseo se había vuelto invisible.

El rescate de Andrómeda

Perseo voló por encima del mundo. Al pasar por África, unas gotas de la sangre de Medusa cayeron en la tierra y así brotaron las serpientes venenosas y los escorpiones que viven en el desierto, donde toda vida debería ser imposible.

Volando sobre las costas de Palestina, Perseo vio la bellísima estatua de una mujer, que se destacaba en mármol

---

[9] Dos seres vivos escaparon de la herida. Eran los hijos de Medusa y Poseidón: un gigante y un caballo alado, el famoso Pegaso.

blanco contra las rocas negras. Al acercarse, se dio cuenta de que caían lágrimas de los ojos de la estatua, y sus manos, encadenadas a la roca, se retorcían con desesperación. Era Andrómeda, una princesa injustamente castigada por las imprudentes palabras de su madre. Perseo nunca había visto una mujer así. Se acercó, le preguntó por qué estaba allí encadenada, y se enamoró inmediatamente de ella.

Los padres de Andrómeda eran los reyes de la región. Su madre se había jactado de que ella y su hija eran más hermosas que las mismísimas Nereidas, las ninfas del mar, hijas de Poseidón. Las Nereidas, ofendidas, se quejaron con su padre, que envió una devastadora inundación sobre la costa y un monstruo marino que devoraba a sus habitantes. Cuando los reyes, desesperados, consultaron al oráculo, la respuesta fue terrible:

—Sólo si sacrifican a su hija Andrómeda al monstruo marino se verán libres de la maldición.

Y allí estaba Andrómeda, pagando por las culpas de su madre. Los reyes, paralizados por el terror, no podían dejar de mirar a su hija encadenada a la roca.

—¿Me darán la mano de su hija si consigo matar al monstruo? —les preguntó Perseo.

No había tiempo que perder.

—¡Claro que sí! —dijeron los dos a coro, pero con pocas esperanzas, convencidos de que ese joven tan atractivo moriría un poco antes que su hija.

48

No sabían que Perseo contaba con las armas mágicas que los dioses le habían destinado. En breve lucha mató al monstruo y rescató a Andrómeda. Cuando volvió con la muchacha junto a sus padres, los reyes se miraron, agradecidos, pero desconcertados.

—En realidad... Andrómeda estaba prometida a otro hombre, pero...

Perseo quería volver cuanto antes cerca de su madre Dánae, y las bodas se llevaron a cabo de inmediato. De pronto, un grupo de doscientos hombres armados, dirigidos por el prometido de Andrómeda, interrumpió la fiesta.

—¡La princesa Andrómeda debe casarse conmigo! —gritó el hombre al que le habían prometido la mano de la princesa, pero que no había tenido suficiente valor para rescatarla del monstruo.

Perseo no se molestó en contestar. Cuando el pequeño ejército se le echó encima, se limitó a sacar la cabeza de Medusa, que siempre llevaba encima, y los convirtió a todos en piedra.

El regreso a la isla de Sérifos

Perseo volvió con la cabeza de Medusa y con su esposa Andrómeda a la isla de Sérifos, donde lo esperaba angustiada su madre, Dánae, temiendo lo peor. Allí se encontró con una nueva y peligrosa situación. El tirano había tratado de apoderarse de su madre por la fuerza. El hermano del malvado rey, el pescador que los había recibido en su casa y había criado a Perseo como un padre, había ayudado a Dánae a escapar y los dos estaban refugiados en un templo.

El joven héroe debía cumplir con el regalo prometido y estaba ansioso por hacerlo. En cuanto supo las noticias, sin dudar, sin detenerse, se presentó en la sala de banquetes del palacio, donde el tirano estaba divirtiéndose con sus amigos.

—Veo que llega el valiente jovencito que ofrece regalos imposibles... ¿Qué me habrá traído? —comentó el rey, en tono de burla.

—Lo prometido —dijo Perseo.

Y sacando del bolso la cabeza de Medusa, los convirtió a todos en estatuas de piedra. Después nombró rey a su querido pescador, para alegría de todos los habitantes de la isla, que por fin tendrían un gobernante bueno y justo.

Había llegado el momento de devolver los objetos mágicos que lo ayudaron a cumplir su hazaña. Hermes llevó a las Ninfas del Norte el casco de Hades, las sandalias voladoras y la bolsa mágica. Atenea tomó la cabeza de

Medusa y la colocó para siempre en el centro de su escudo de guerra.

Perseo y su abuelo

Perseo quería volver a ver a su abuelo. A pesar de todos los sufrimientos que habían pasado él y su madre, no le guardaba rencor, porque sabía que el oráculo le había dicho que sólo matándolos se salvaría, y sin embargo su abuelo les había perdonado la vida. Tenía la esperanza de desmentir la profecía y demostrarle que no tenía por qué temer.

Junto con Andrómeda y su madre Dánae, se embarcó hacia Argos. Pero cuando su abuelo se enteró de que se dirigía hacia allí, se aterró. ¡Tal como lo había predicho el oráculo, el hijo de Dánae iba a matarlo! El rey escapó a un país vecino llamado Larisa.

Cuando Perseo llegó a Argos, no encontró a su abuelo. Entretanto, en el reino de Larisa se habían organizado grandes juegos deportivos y el joven quiso participar. ¡Nadie lanzaba el disco como él!

Cuando le llegó su turno, Perseo arrojó el disco con todas sus fuerzas. Pero en ese momento se levantó una violenta ráfaga de viento, que llevó el disco hacia los espectadores. Un anciano lanzó un grito agudo, tomándose un pie del que manaba sangre a borbotones: el disco le había cortado una arteria. Es difícil escapar al destino.

Ese anciano era el abuelo de Perseo y nada se pudo hacer para salvarlo.

Muy apenado por haber matado sin querer a su abuelo, Perseo eligió no reclamar el trono de Argos. Y decidió intercambiar reinos con uno de sus primos, que se hizo cargo de Argos mientras Perseo reinaba en Tirintos.

Perseo y Andrómeda tuvieron varios hijos, fueron buenos gobernantes y buenos esposos hasta el fin de sus días.

Heracles y sus trabajos

El nacimiento de Heracles

Muchos años más tarde, en Tirintos reinaban Alcmena y Anfitrión, descendientes de Perseo. Alcmena era una mujer bellísima y el propio Zeus deseaba enamorarla. Como ella era honesta y fiel, al dios se le ocurrió la más pícara de sus transformaciones. Cuando su marido tuvo que salir a combatir contra los tafios, Zeus se convirtió en una perfecta réplica de Anfitrión. Fingió que llegaba de la guerra con todo su ejército y ¿qué más podía hacer Alcmena que recibirlo con amor y admiración?

En el banquete, Zeus le relató a la princesa todos los detalles de las batallas en las que había participado el verdadero Anfitrión. Y por fin llegó la hora de acostarse. Tanto amaba Zeus a la bella Alcmena que decidió no permitir la llegada del día: setenta y dos horas duró esa noche interminable.

Al día siguiente llegó al palacio el verdadero Anfitrión. En lugar de recibirlo con entusiasmo, su esposa parecía extrañamente cansada y casi indiferente a sus caricias.

Cuando comenzó con el relato de sus hazañas guerreras, Alcmena bostezó.

—Querido mío —le dijo—. Ya me lo contaste anoche. ¿Qué te parece si ahora vamos a dormir un poco?

Al principio, el odio de Anfitrión no tenía límites y estuvo a punto de matar a su inocente esposa. Poco a poco comprendió que ella no había tenido ninguna culpa, y el mismo Zeus intervino para reconciliar a marido y mujer. Alcmena quedó embarazada de gemelos: uno era el hijo de Zeus y el otro era el hijo de su marido humano.

Pero la diosa Hera, legítima esposa de Zeus, era terriblemente celosa. Como no podía enfrentar a su todopoderoso marido, trataba de vengarse en las otras mujeres y en sus hijos. Zeus había prometido que el primer descendiente de Perseo que naciera sería rey de Argos. Hera, con ayuda de su hija, la diosa de los alumbramientos, consiguió que el nacimiento de los mellizos se retrasase y en cambio hizo nacer sietemesino a uno de sus primos, Euristeo. Así fue como Euristeo le quitó al hijo de Zeus el poder sobre el reino de Argos, que le hubiera correspondido.

Después de nueve días de trabajo de parto, Alcmena pudo tener finalmente a sus dos bebés: primero nació Heracles[10], el hijo de Zeus, y poco después Ificles, el hijo de Anfitrión.

---

[10] Hércules en la mitología romana.

Los bebés tenían diez meses cuando Hera decidió librarse para siempre del maldito hijo de su enemiga y envió dos enormes serpientes, que se enroscaron en el cuerpo de los niños, apretándolos para triturarlos. Ificles se echó a llorar con desesperación. Pero Heracles tomó del cuello a cada una de las serpientes, como si fueran sus juguetes, y las estranguló con la sola fuerza de sus manitas de bebé. Cuando Anfitrión llegó a la habitación con la espada desenvainada, se encontró a los bebés jugando con los cuerpos de las enormes serpientes y sus últimas dudas se disiparon. Ese bebé era sin duda el hijo de un dios.

La leyenda del héroe comenzaba a forjarse.

Los doce trabajos de Heracles

Heracles creció hasta alcanzar, a los dieciocho años, la altura de cuatro codos y un pie: un metro con noventa y ocho centímetros.

Por ese entonces, en Citerón, un enorme león devastaba los rebaños de Anfitrión, su padre adoptivo. Durante cincuenta días, Heracles salió de cacería hasta que finalmente lo encontró, luchó contra él sin más armas que sus manos, y lo venció. Desde entonces se vistió con su piel.

Cuando volvía a Tebas después de su hazaña, se encontró con enemigos de la ciudad: luchando solo contra todo el ejército, los derrotó. El rey de Tebas, agradecido, le dio en matrimonio a su hija mayor, Mégara, y a la menor la casó con Ificles, el hermano del héroe.

Mégara y Heracles formaron un matrimonio feliz y tuvieron varios hijos. Y aquí podría haber terminado la leyenda si no fuera por la intervención de la terrible diosa Hera, que insistía en su venganza.

Con espantosa crueldad, Hera le envió a Heracles su peor aliada: la Locura. Perdida la razón, sin saber lo que hacía, el héroe mató a sus propios hijos, y estaba a punto de disparar una flecha contra su padre, Anfitrión, cuando la diosa Atenea, compadecida, lo golpeó con una piedra en el pecho y lo hizo caer dormido. Al despertar, Heracles, libre ya de su ataque de locura, se encontró con una realidad peor que la más terrible de las pesadillas. Sus hijitos yacían muertos a sus pies, asesinados por sus propias flechas.

Cuando comprendió lo que había sucedido, Heracles quiso matarse. La vida ya no tenía sentido para él. Pero su familia y sus amigos lo persuadieron de que no era su culpa: una vez más había sido víctima de Hera. Entonces Heracles no quiso seguir casado con Mégara: ahora temía por la vida de todos los que amaba. Partió solo y desarmado hacia el oráculo de Delfos para que la pitonisa, esa sacerdotisa que hacía de intermediaria entre los dioses y los hombres, le dijera si todavía existía en su vida la posibilidad de futuro.

—Sólo hay una forma de pagar tu crimen y aplacar a Hera al mismo tiempo —murmuró la pitonisa, envuelta en los vapores que provenían del fondo de la Tierra. Sus ojos miraban sin expresión, sus labios temblaban, de su boca partía ese sonido extraño que era la voz de los dioses—. Debes ponerte al servicio de tu peor enemigo, tu primo Euristeo, el hombre que recibió el trono de Argos en tu lugar. Cumplirás con los diez trabajos que te ordene. Y si sobrevives, aunque la cruel esposa de Zeus no lo quiera, serás inmortal.

Así, comenzaron los diez trabajos de Heracles... ¿o fueron doce?

El León de Nemea

Euristeo era tonto y cobarde. Sabía que su primo Heracles era el verdadero heredero al trono de Argos y por eso lo odiaba y le temía. Pero se sentía protegido por Hera, que seguía tramando formas de que Heracles perdiera la vida, ya que no podía matarlo directamente sin enfurecer a Zeus.

Aconsejado por Hera, Euristeo le encargó a Heracles su primer trabajo: matar y desollar al León de Nemea.

Esta vez no se trataba de un simple animal feroz, como había sido el de Citerión, sino de un monstruo en forma de león. Su padre era el horror mismo: Tifón. Su madre era la temible Equidna, una criatura con cuerpo de mujer y cola de serpiente.

El León asolaba la región de Nemea, devorando ganado y hombres. Parecía, además, sentir un gusto especial por los niños pequeños.

Heracles, recordando su lucha contra el otro león, pensó que sólo se trataba de encontrarlo y después sería presa fácil. En cuanto lo tuvo a la vista, comenzó a disparar flechas que, gracias a su enorme fuerza, volaban a una velocidad que jamás se había conocido. Pero las flechas no se clavaban en la carne del León, rebotaban en su piel invulnerable. Recién entonces comprendió Heracles que no se trataba de un animal como cualquier otro.

El monstruo se refugiaba en una caverna con dos accesos. Heracles comenzó por tapar una de las entradas con una roca. Después cortó el tronco de un olivo silvestre y se fabricó con él una enorme maza. Ni sus flechas ni su espada ni su lanza podían contra el León, pero al menos logró hacerlo retroceder a golpes, hasta que el animal entró en su cueva, mientras el héroe lo seguía valerosamente en la oscuridad.

Ahora el León estaba en su propio terreno, al acecho en un rincón de la caverna. Sus dientes brillaban, listos para morder y desgarrar. En un instante Heracles tuvo que tomar una decisión: no podría estrangularlo, el monstruo era demasiado grande para abarcar su cuello con las manos. Envolverlo en un abrazo mortal era demasiado peligroso, porque no podría escapar de sus mordiscos.

A pesar de su fuerza excepcional, Heracles todavía era un ser humano como cualquier otro.

De un salto, abriendo sus fauces, el León se arrojó con todo su peso sobre el héroe, que no retrocedió ni trató de escapar. Al contrario, lo recibió con el brazo derecho hacia delante y el puño cerrado. En lugar de tratar de evitarlo, le introdujo el brazo en la boca con todas sus fuerzas, y su puño le traspasó la garganta. Esta vez el León de Nemea había tragado un bocado demasiado grande. Asfixiado, en pocos minutos dejó de respirar.

Heracles se había preguntado por qué se le había especificado que su trabajo consistía en matar al León de Nemea y desollarlo. Una vez muerto, ¿desollarlo no era fácil? Y sin embargo ahora se enfrentaba a un problema aparentemente insoluble: ¿cómo arrancarle la piel a un animal cuya piel era impenetrable? Pronto comprobó que tampoco el fuego la quemaba. Por suerte, Heracles tenía tanta inteligencia como fuerza y se dio cuenta de que sólo el León de Nemea podía contra el León de Nemea. Usando como cuchillo una de sus propias garras, consiguió cortar su piel y arrancársela. Desde entonces se vistió con ella y la usó para siempre como armadura.

Llevando el cuerpo del enorme León desollado, Heracles llegó a Argos. Pero su primo Euristeo no quiso verlo. Aterrado, corrió a esconderse en su palacio y prohibió que Heracles entrara a la ciudad: desde entonces se comunicaría con él a través de mensajeros.

Por consejo de Hera, ya tenía preparado el siguiente trabajo para su querido primo: matar a la Hidra de Lerna... o ser muerto por ella.

La Hidra de Lerna

La Hidra de Lerna... Heracles no le tenía miedo a nada y, sin embargo, el solo nombre de este monstruo hacía estremecer a cualquier mortal. La Hidra era una serpiente acuática de siete cabezas que causaba horror y destrucción. Tan venenosa que ni siquiera necesitaba morder para matar. Su aliento pestífero emponzoñaba a cualquiera que se le acercase, incluso mientras dormía. Era hija de Equidna y Tifón, como el León de Nemea, y la mismísima Hera la había criado desde pequeña, para hacerla luchar contra Heracles. Y ahora que Heracles había matado a su hermano, la Hidra tenía razones personales para odiarlo y tratar de destruirlo.

Heracles se acercó al pantano de Lerna, usando una tela espesa que le tapaba la boca y la nariz, para filtrar los vapores venenosos de la Hidra. Atacó primero con sus flechas incendiarias, pero sólo logró irritar al monstruo, que se irguió por encima de las aguas, listo para matar. Heracles, entonces, sacó una hoz, creyendo que podría segar las cabezas de serpiente como si fueran espigas de trigo. Pero no conocía todavía la característica más terrorífica

del monstruo: cada vez que cortaba una cabeza, crecían otras dos. ¡La Hidra parecía inmortal! ¡Y cada vez más peligrosa!

Esta vez Heracles comprendió que no podría solo contra el monstruo y le pidió ayuda a su sobrino Yolao, el hijo de su hermano mellizo. Mientras Heracles cortaba las cabezas de serpiente, Yolao, con una antorcha, quemaba valientemente los cuellos mutilados para impedir que volvieran a nacer.

La cabeza del medio era inmortal. Heracles la separó del cuerpo, Yolao cauterizó el cuello, pero la maldita cabeza, aunque no se podía reproducir, seguía viva.

Entonces el héroe la aplastó con su maza, la enterró a gran profundidad y puso encima una roca del tamaño de una pequeña montaña.

Heracles había vencido para siempre a la Hidra de Lerna. Antes de partir mojó las puntas de sus flechas en la sangre venenosa del monstruo, haciéndolas invencibles, y se dirigió a Argos para informar a su primo Euristeo.

Pero el mensajero de Euristeo, que se apresuró a esconderse, como de costumbre, fue terminante: el rey no aceptaba este trabajo como uno de los diez que le habían sido impuestos. Heracles debía realizar cada tarea por sí mismo. En este caso había contado con la ayuda de Yolao y, por lo tanto, este trabajo no contaba.

El Jabalí de Erimanto

El mensajero de Euristeo le comunicó a Heracles su nueva tarea: debía atrapar vivo al Jabalí de Erimanto. El héroe estaba furioso porque su primo se negaba a considerar como uno de sus diez trabajos el vencer a la Hidra de Lerna. Pero atrapar al Jabalí le resultaría tan sencillo que en cierto modo era una compensación.

El Jabalí era un animal de tamaño gigantesco. Devastaba las cosechas de Erimanto y, como era tan grande, los campesinos no se atrevían a enfrentarlo. Destruía las redes y mataba a los perros con los que intentaban cazarlo. Pero no era un monstruo ni tenía poderes sobrenaturales.

Sintiéndose tranquilo y seguro, Heracles emprendió el camino hacia Erimanto. Al atravesar el Bosque de los Centauros, aceptó la invitación a cenar del buen Folo, mitad hombre y mitad caballo, pero todo él gran amigo de Heracles.

Los centauros eran seres violentos y salvajes, pero Folo era diferente. Recibió a Heracles con deliciosa carne asada, a pesar de que él comía solamente carne cruda. Y le ofreció agua fresca de manantial para beber.

—¿Y el vino? —preguntó Heracles.

—Aquí está, pero no puedo servírtelo: es el vino de los centauros y sé que a mis compañeros no les gustaría que te convidara.

—No se irritarán porque me sirvas una copa de vino. Y, además, yo te protejo —insistió Heracles.

Ojalá no lo hubiera hecho. Al destapar la vasija, el delicioso aroma del vino salió de la casa de Folo y se extendió por el bosque. Poco después, un ejército de centauros enfurecidos rodeaba la caverna, armados con rocas, árboles enteros y antorchas encendidas.

Heracles comenzó a disparar sus flechas envenenadas con tremenda puntería. Los centauros caían muertos alrededor de la cueva y finalmente los que quedaban vivos decidieron escapar.

Muy asombrado, Folo se acercó a uno de los centauros muertos y arrancó una flecha que estaba clavada apenas en la superficie de la piel.

—¿Cómo puede ser que algo tan pequeño mate a un enorme centauro? —preguntó.

Heracles corrió hacia él con la intención de quitarle el peligroso proyectil de las manos, pero ya era tarde. Sin querer, Folo dejó caer la flecha, que le hizo un rasguño en una pata. Era todo lo que necesitaba para actuar el terrible veneno de la Hidra de Lerna. Folo cayó muerto a los pies de Heracles, que nada pudo hacer para ayudarlo.

Heracles parecía condenado por el destino a ver morir a sus amigos y a los seres que amaba.

Con el corazón entristecido, el héroe siguió su camino hacia Erimanto. Allí persiguió al Jabalí hasta que consiguió acorralarlo en un monte cubierto de espesa nieve, donde se hundían las patas del animal, que corrió y corrió hasta que el agotamiento lo obligó a detenerse. De un salto, Heracles se montó sobre su lomo y con una pesada cadena consiguió atarlo.

Con el Jabalí de Erimanto vivo, retorciéndose furioso sobre sus hombros, Heracles llegó a Micenas. Esta vez a Euristeo no le alcanzó con refugiarse en su palacio: se había mandado a construir una enorme vasija de bronce semienterrada en el jardín, y allí se metió para ocultarse de su primo y del tremendo Jabalí vivo que le había traído de regalo.

La Cierva de Cerinia

En cuanto al cuarto trabajo, la orden era precisa: Heracles debía llevar a la Cierva de Cerinia a Micenas viva y sana. Euristeo no tenía nada que temer de una cierva y, además, no podía dar orden de matarla, porque era un animal sagrado, protegido por Artemisa, la diosa de la caza[11].

Artemisa había encontrado en un monte cinco ciervas extraordinarias: eran tan grandes como un toro, tenían los cuernos de oro y las pezuñas de bronce. ¡Ésos eran animales apropiados para tirar del carro de una diosa! Las persiguió, pero sólo consiguió atrapar a cuatro. La quinta

---

[11] Para más información sobre Artemisa, ir a la pág. 193.

era tan veloz que logró escapar de la misma diosa. Desde entonces, la Cierva vivía libre y feliz en los bosques; Artemisa había prohibido que nadie le hiciera daño.

Atrapar viva a la Cierva de Cerinia parecía una tarea imposible: la mismísima diosa de la caza había fracasado en el intento. Pero nada era imposible para Heracles (excepto librarse del odio de Hera). El héroe no sólo era fuerte y veloz, también era inteligente, perseverante y tenía toda la paciencia del mundo. Día tras día, con sus pies de carne y sangre, persiguió a la Cierva de pezuñas de bronce. Un año entero duró la loca persecución. Los días de Heracles eran todos iguales: levantarse a la mañana, buscar rastros de la Cierva, correr desesperadamente por el bosque, y llegar a entrever la figura del animal entre los árboles sin poder alcanzarlo. Después de un año de persecución constante, la Cierva y el hombre estaban flacos y agotados por igual. Se detenían lo mínimo imprescindible como para descansar y comer.

De pronto, una mañana fresca de primavera, Heracles vio lo que había comenzado a creer que no vería jamás. Allí, delante de sus ojos, a tiro de flecha, la Cierva se había detenido delante de un arroyo demasiado crecido para pasarlo de un salto. Pero su trabajo no consistía sólo en llevar a la Cierva viva, tampoco podía herirla sin enfurecer a Artemisa.

Parado contra el viento, para que la Cierva no lo olfateara, Heracles tensó su arco, preparó una flecha y disparó con tan precisa puntería que atravesó una de las patas traseras del animal justo entre el hueso y el tendón, sin derramar una gota de sangre. La Cierva echó a correr, pero ahora rengueaba y el héroe logró alcanzarla.

La atrapó, la ató, se la puso sobre los hombros y emprendió el camino a Micenas. Sin embargo, la diosa Artemisa se interpuso en su camino.

—¿Cómo te atreves? —le dijo, enfurecida.

También Artemisa era hija de Zeus y de una titánida, la bella Leto. También ella y su hermano Apolo[12] habían sufrido los celos de Hera, que había tratado de impedir su nacimiento. Por eso, cuando su medio hermano Heracles le contó sus penurias y las tareas que debía cumplir para Euristeo, la diosa entendió y se compadeció.

Así logró Heracles completar su cuarto trabajo y encaminarse a Augías, donde lo aguardaba el quinto.

Los establos de Augías

Nadie en toda Grecia tenía tanto ganado como el rey Augías, el hijo de Helios, el dios Sol. Y dos buenas razones lo explicaban. Por decisión de los dioses, los rebaños de Augías no sufrían enfermedades. Pero además su padre

---

[12] Apolo es el dios de la profecía, la música y los pastores. Para más información, ir a la pág. 194.

Helios le había regalado doce toros feroces que defendían de las fieras al resto del ganado.

Augías no mandaba a limpiar sus establos. Al principio, por puro descuido y abandono. Pero después de unos años, porque se fue convirtiendo en una tarea simplemente imposible. Treinta años después, la bosta de tres mil animales se había acumulado de tal manera que era casi imposible acercarse a los establos a causa del hedor que despedían. Desde el mar, los barcos se enteraban por el olor de que estaban cerca del reino de Augías. Mientras tanto, las tierras de los campesinos se volvían estériles, porque Augías les negaba el estiércol que hubiera servido para abonarlas.

Cuando Heracles llegó a la tierra de Augías, estuvo a punto de utilizar la tela que le había servido para filtrar el venenoso aliento de la Hidra. Apestaba de una manera insoportable. Sus habitantes, sin embargo, parecían estar acostumbrados.

Augías lo recibió en su palacio. Las hazañas del héroe ya eran famosas en toda Grecia. En el banquete, bebiendo un delicioso vino, Heracles se jactó de su fuerza: los famosos establos no eran un problema para él. Estaba seguro de poder limpiarlos en un solo día. Augías sabía que eso era imposible.

—Si logras esa hazaña —le dijo—, te entregaré la décima parte de mis rebaños.

Augías estaba convencido de que el vino había nublado la cabeza de Heracles, pero el héroe sabía muy bien lo que decía. Ya había visitado los establos y había comprobado que dos ríos bastante caudalosos pasaban muy cerca de allí.

Al día siguiente Heracles, usando su enorme fuerza, cavó dos canales para desviar el curso de los ríos y hacerlos pasar por los establos. Después derribó una parte del muro para que entrara el agua y otra para que hiciera de desagüe. Los dos ríos se precipitaron en los establos, sus aguas confluyeron y chocaron, y se arremolinaron entre las paredes. Y en un solo día el trabajo de limpieza estuvo terminado.

Augías estaba muy enojado, porque jamás se había imaginado que iba a poder completar la tarea en tan poco tiempo. Y se negó a pagarle, argumentando que ese trabajo lo tenía que hacer de todos modos porque se lo había encargado Euristeo. Por su parte, Euristeo, que se había imaginado a Heracles avergonzado y humillado, con una pala en las manos, cubierto de estiércol y jadeando de fatiga, no quiso contar este trabajo entre los diez que debía realizar, con la excusa de que Heracles le había pedido un salario a Augías y entonces no lo había hecho sólo para él.

Heracles había cumplido ya con seis de los diez trabajos... y sin embargo todavía le faltaban otros seis.

El Toro de Creta

Al mensajero de Euristeo le temblaba la voz cuando exigió a Heracles que llevara vivo a Micenas al Toro de Creta. El monstruo era justamente famoso en toda Grecia y sólo un héroe como Heracles se le podía enfrentar.

Cierta vez, Minos, el rey de Creta, había prometido sacrificar a Poseidón lo primero que apareciese en la superficie de las aguas. Nunca imaginó que iba a aparecer nadando hacia la costa un toro enorme, hermosísimo, perfecto, enviado por el dios. Cuando Minos lo vio, se arrepintió de su promesa: si lo cruzaba con sus vacas, podría mejorar muchísimo la calidad de sus rebaños. Decidió quedárselo y sacrificar en su lugar al mejor de sus toros.

Pero Poseidón no se dejó engañar. Furioso al ver la trampa que había tramado Minos, se vengó de una manera terrible. Por una parte, hizo que la esposa de Minos enloqueciera y se enamorara del toro: ése fue el origen del monstruoso Minotauro, un hombre con cabeza de toro. Por otra parte, enfureció al animal hasta convertirlo en una violenta máquina de matar que echaba fuego por las narices.

Minos no quiso ayudar a Heracles a dominar al Toro, pero el héroe no retrocedió. Fue a buscar al animal, lo enfrentó y consiguió treparse de un salto a su lomo. Durante horas el Toro corcoveó y luchó tratando de librarse de su jinete, pero al fin Heracles consiguió domarlo. Le puso un

anillo de hierro en las narices y, montado en el Toro de
Poseidón, cruzó el mar hasta llegar a Grecia.

Euristeo recibió a la bestia, pero, por supuesto, no fue
capaz de controlarla. El Toro divino se escapó de Micenas
y siguió devastando los campos de Grecia: sólo otro héroe
comparable a Heracles podría volver a dominarlo.

El siguiente trabajo no fue menor: se trataba de atrapar a las terribles yeguas de Diomedes.

Las yeguas de Diomedes

Eran cuatro, eran hermosas, eran antropófagas. Se habían acostumbrado desde pequeñas a comer carne humana. Diomedes, el rey de Tracia, las alimentaba con los extranjeros que llegaban a sus tierras, a los que empezaba por alojar con mucha cortesía en su palacio.

Esta vez no se trataba sólo de animales odiados y temidos: había un ejército de hombres que protegían a las yeguas. Diomedes las amaba, las llamaba por sus nombres y disfrutaba de verlas devorar a sus huéspedes. No dejaría que se las quitaran fácilmente. Por eso Euristeo le permitió a Heracles que llevara un grupo de guerreros para ayudarlo.

Una noche sin luna, Heracles y sus hombres, acercándose a los establos casi sin hacer ruido, lograron reducir a los cuidadores de las yeguas, que estaban encadenadas a un pesebre de bronce. Abriendo los candados, se llevaron a los animales.

En cuanto Diomedes lo supo, envió a su ejército con la orden de encontrar a los griegos y traer de vuelta a sus amadas yeguas. La batalla fue tremenda, pero nadie podía contra la fuerza del héroe y el coraje de sus guerreros. Mientras luchaban, un amigo de Heracles, el hombre en el que más confiaba, quedó al cuidado de los monstruosos animales.

Diomedes cayó herido y su ejército se rindió. Entonces Heracles fue a buscar a las yeguas. Al abrir las puertas del establo, descubrió con horror que habían devorado a su amigo. Enfurecido, arrojó a Diomedes a sus propios monstruos. Las yeguas devoraron la carne de Diomedes y por primera vez parecieron extrañamente saciadas. Desde que se comieron a su propio dueño, su hambre de carne humana desapareció, se amansaron. Como yeguas comunes y dóciles se dejaron conducir hasta Micenas.

Allí Euristeo le dio a Heracles la orden de soltarlas. Las yeguas escaparon y se ocultaron en el bosque del monte Olimpo, donde fueron devoradas por las fieras.

El siguiente trabajo no consistió en enfrentarse con monstruos. O tal vez sí. Ahora Heracles tendría que vérselas con las mujeres más peligrosas de la historia: las temibles amazonas.

El cinturón de Hipólita

Esta vez la idea fue de la hija de Euristeo. ¿Por qué no unir lo útil con lo agradable?

—Padre, en lugar de pedirle a Heracles que traiga a Micenas otra de esas bestias horribles y peligrosas, pídele que consiga para mí el cinturón de oro de la reina de las amazonas.

Las amazonas eran mujeres guerreras y cazadoras que vivían aisladas en una región selvática. Adoraban a Artemisa, su protectora, la diosa de la caza, y eran descendientes de Ares, el dios de la guerra[13]. Entre ellas no se admitían hombres. Desde jovencitas, se les amputaba el seno derecho para que no las incomodara a la hora de tirar con arco y llevar el carcaj con las flechas. Hipólita, su reina, usaba un grueso cinturón de oro puro, un regalo de Ares que simbolizaba su poder sobre las demás amazonas.

Sabiendo que, una vez más, Heracles tendría que enfrentar a un peligroso ejército, Euristeo le permitió llevar voluntarios. Varios héroes y otros guerreros lo acompañaron. En viaje por mar llegaron al país de las amazonas, dispuestos a todo. Y allí se encontraron con una gran sorpresa.

La fama de Heracles era grande. Muchos pueblos le estaban agradecidos por haberlos librado de los monstruos que los acosaban. La reina Hipólita los esperaba con interés y curiosidad. En lugar de la resistencia que esperaban, los héroes griegos fueron recibidos por las amazonas con fiestas y banquetes.

Heracles era fuerte, valiente, inteligente. Hipólita era una mujer como él jamás había visto, capaz de guerrear como un hombre y seducir con su belleza femenina al mismo tiempo. Fue casi natural que surgiera entre ellos el amor.

---

[13] Para más información sobre Ares, ir a la pág. 192.

Y cuando llegó el momento en que los griegos debían volver a su patria, Hipólita se quitó por propia voluntad el cinturón de oro y se lo entregó a Heracles con un beso de despedida.

Esto era demasiado para la diosa Hera, que había contado con las amazonas para librarse finalmente de su odiado Heracles. Disfrazada de amazona, se dedicó a hacer correr la voz de que el héroe pretendía secuestrar a la reina. Y cuando los griegos estaban a punto de abordar su nave y las amazonas se reunían inquietas en la orilla, Hera tensó su arco, disparó y mató a uno de los hombres.

Los griegos respondieron lanzando flechas contra las amazonas. Inmediatamente se generalizó la lucha. Heracles estaba furioso. Esa malvada Hipólita lo había engañado con la miel de sus ojos para distraerlo y atacar a sus hombres cuando menos se lo esperaban. Tenía que matarla para detener la lucha. Y eso fue lo que hizo. Cuando una de las flechas emponzoñadas de Heracles mató a la hermosa Hipólita, las amazonas se desbandaron.

Así, volvió Heracles a Micenas con el cinturón de oro y el corazón destrozado por la carcajada con la que se dio a conocer Hera. Hipólita era inocente y otra vez el héroe había sido engañado, otra vez se había cumplido su fatal destino: dañar a los que más amaba.

Los bueyes de Gerión

Ver a su hija feliz luciendo el cinturón de Hipólita le dio a Euristeo una gran idea. A pesar de que disponía de todas las riquezas de Micenas, siempre había codiciado el ganado del gigante Gerión. Era una enorme cantidad de bueyes y vacas rojas de los que mucho se hablaba y que pocos habían visto, porque Gerión vivía en los confines del mundo, más allá del Mediterráneo, a orillas del océano Atlántico. Se decía que Gerión no era un gigante común: su cuerpo se triplicaba desde las caderas hacia arriba y sus fuertes piernas soportaban tres cuerpos, seis brazos y tres cabezas.

Para que a Heracles no le fuera tan fácil obtener el ganado como sucedió con el cinturón de Hipólita, impuso una condición: debía traerle los bueyes de Gerión, pero sin pedirlos ni comprarlos. Sencillamente, lo estaba mandando a robar.

Heracles se puso en camino. Esta vez iba solo. El viaje parecía eterno. Mientras cruzaba el desierto africano, el calor del sol lo agobió de tal manera que se puso furioso contra Helios, el dios Sol, y disparó contra él sus flechas envenenadas. Helios miró con interés y curiosidad al mortal que se atrevía a tanto.

—Si dejas de amenazarme con tus flechas —le propuso—, te prestaré mi copa para que cruces el Océano.

Heracles no dudó. Helios le estaba ofreciendo nada menos que la gigantesca copa dorada en la que el Sol hace su camino todas las noches por debajo de la Tierra y el mar para poder volver a salir por el Este después de haberse escondido por el Oeste al terminar el día.

Embarcado en la Copa del Sol, amenazando al dios Océano con sus flechas para asegurarse una tranquila travesía, Heracles llegó mucho antes de lo que pensaba a los dominios de Gerión. Apenas puso pie en tierra, se abalanzó sobre él, ladrando furiosamente con sus dos cabezas, el monstruoso perro Ortro, uno más de los terribles hijos de Equidna y Tifón. Heracles lo enfrentó y consiguió derribarlo a golpes con su famosa maza, hecha de un olivo entero. También a mazazos venció al gigantesco pastor que cuidaba el ganado.

Heracles reunió a los bueyes y las vacas, y comenzaba a arrearlos hacia el mar cuando llegó hasta allí el mismísimo Gerión, que se lanzó sobre él para matarlo, disparando flechas con uno de sus cuerpos y manejando lanzas y garrotes con los otros dos. Usando su fuerza inverosímil, Heracles disparó el arco y con una sola de sus flechas venenosas atravesó al mismo tiempo los tres corazones del monstruo.

Parecía que ya había conseguido lo que necesitaba y sin embargo recién comenzaba uno de los más difíciles trabajos de Heracles, y el único que no consiguió cumplir por completo: llevar hasta Micenas a los bueyes de Gerión.

De alguna manera, Heracles logró embarcar todo el ganado en la Copa del Sol y puso proa a la orilla opuesta.

Allí desembarcó con los bueyes y siguió su camino por tierra, bordeando las orillas del Mediterráneo.

Lo que quizás no había tenido en cuenta el héroe era que su valioso rebaño iba a atraer a los bandidos más famosos del mundo.

En las costas de Italia lo atacó un pueblo salvaje de la región. Eran tantos que Heracles pronto agotó las flechas del carcaj. En su desesperación, elevó una plegaria a su padre Zeus, que para ayudarlo le envió una lluvia de piedras. A pedradas consiguió el héroe alejar a sus atacantes. Arrancó las flechas de los cuerpos muertos o heridos y siguió adelante.

Dos bandidos bien conocidos en toda la región, sus propios primos, hijos de su tío Poseidón, trataron de robar el ganado y murieron también bajo las flechas de Heracles.

Pero después le tocó el turno a Caco, un ladrón tan famoso que les dio su nombre a todos los ladrones. Caco consiguió robar una noche buena parte de los animales y se los llevó tirándolos de la cola, para hacerlos caminar hacia atrás. De este modo las reses iban dejando las huellas al revés, pisando sobre las huellas que habían hecho al llegar. Cuando Heracles se despertó, no entendía lo que había pasado. Furioso, pero sin poder hacer nada, se puso en marcha con lo que quedaba del rebaño. De pronto, al pasar cerca de una montaña, las vacas mugieron y desde una cueva respondió un mugido exactamente igual. ¡Allí estaba escondido el botín de Caco! El ladrón había tapiado la puerta de la cueva con una roca tan enorme que Heracles tuvo que romper la cima de la montaña para poder entrar y recuperar a los animales robados.

Heracles ya llegaba a Micenas, estaba a punto de completar su décimo trabajo y Hera no estaba dispuesta a soportarlo. Envió, entonces, una bandada de tábanos que atacaron salvajemente a las reses y las enfurecieron. Tratando de escapar de los tábanos, bueyes y vacas se echaron a correr, y se dispersaron por valles y montañas. Heracles hubiera deseado correr hacia todas partes al mismo tiempo, pero era imposible. A pesar de todo, con enorme esfuerzo, logró reunir una parte del ganado y se presentó ante Euristeo, que dio su tarea por cumplida y sacrificó a los animales en honor de Hera.

Las manzanas de oro de las Hespérides

Cuando Hera se casó con Zeus todo era alegría. Nadie sabía aún que su matrimonio sería tan desdichado. Su madre Gea, la Tierra, le regaló tres manzanas de oro. Tanto le gustaron a Hera que decidió plantar las semillas en el jardín secreto de los dioses. Ordenó a las Ninfas del Atardecer que cuidaran su jardín y no permitieran entrar a nadie. A estas ninfas se las llamaba las Hespérides; eran hijas del titán Atlas, el gigante que sostenía la bóveda celeste, impidiendo que el cielo cayera sobre la Tierra. Pero como las mismas Hespérides de vez en cuando se robaban alguna manzana, para estar más segura de que nadie las tocaría, Hera instaló en el jardín al terrible Ladón, un dragón de cien cabezas.

Y éste fue uno de los últimos trabajos que Euristeo le impuso a Heracles: que le llevara tres manzanas de oro del Jardín de las Hespérides.

La primera y gravísima dificultad era que nadie sabía dónde quedaba el famoso jardín. Los rumores hablaban del Norte, y hacia allí partió Heracles. Al cruzar un río, unas ninfas, compadecidas y admiradas de su apostura, le dijeron que el viejo dios marino Nereo podía saber el camino. Con ayuda de las ninfas, Heracles sorprendió a Nereo durmiendo y lo atrapó.

—¡No te soltaré hasta que me señales el camino! —lo amenazó.

—Tal vez no sueltes a Nereo, pero ¿por qué vas a retener a un pobre animal?

Es que el viejo dios podía tomar cualquier forma que quisiera. Heracles tuvo que utilizar toda su inteligencia, su fuerza y su paciencia para dominar al toro y la serpiente en los que se convirtió Nereo. Fue más difícil todavía cuando se transformó en agua, y enseguida tuvo que soportar el dolor quemante de una enorme llama que seguía siendo Nereo. Pero sin hacer caso de sus ojos, guiándose por el tacto de lo que aferraba entre sus fuertes brazos, nunca lo soltó y así consiguió que el viejo dios le revelara el lugar donde estaba el jardín.

Por el camino, Heracles tuvo que escalar las montañas del Cáucaso y allí encontró encadenado al titán Prometeo. Todos los días un águila le devoraba el hígado, que por las noches volvía a crecer, para que fuera eterno su castigo por haber robado el fuego. Heracles no pudo soportar ver a Prometeo sufriendo esa horrible tortura y con sus flechas envenenadas mató al águila y soltó al titán.

Infinitamente agradecido, Prometeo no sólo le señaló el camino, sino que le contó otro secreto fundamental para su misión: en todo el Universo, el único que podía conseguir que las Hespérides le entregaran las tres manzanas de oro era el gigante Atlas, su padre.

Atlas no podía moverse del lugar en que estaba, siempre allí parado sosteniendo el Cielo sobre sus hombros. Siguiendo el consejo de Prometeo, Heracles le propuso reemplazarlo por unas horas mientras Atlas iba a buscarle las manzanas. ¡Nada mejor podía desear el gigante! Pero antes le pidió a Heracles que matara a Ladón, el dragón de cien cabezas. De un solo flechazo, Heracles atravesó el corazón del monstruo y las cien malignas cabezas cayeron muertas al mismo tiempo. Entonces, con inmenso alivio, Atlas colocó delicadamente el Cielo sobre los hombros de Heracles y partió.

No tardó mucho Atlas en volver con las tres manzanas de oro. Pero, pensándolo bien, ahora que estaba disfrutando de la maravillosa libertad, ¿por qué volver a su condena?

—Heracles, haces mi trabajo tan bien como yo. Puedo estar tranquilo de que el Cielo no se caerá. No hace falta que vayas a Micenas. Yo mismo puedo entregarle sus manzanas a Euristeo.

—¡Qué suerte tengo! —contestó Heracles—. Precisamente estaba a punto de rogarte que me dejaras ocupar para siempre tu lugar. Estoy muy orgulloso de poder demostrar mi fuerza y de tener a mi cargo una tarea de tanta responsabilidad. Sí, me quedaré para siempre. Lo único que necesito es una almohadilla para que el Cielo no me lastime la piel de los hombros. ¿No querrías sostenerlo un momentito mientras me la acomodo?

Por supuesto, en cuanto el tonto de Atlas se puso los Cielos otra vez sobre sus hombros, Heracles tomó las tres manzanas de oro y corrió sin parar hasta Micenas.

Euristeo no sabía qué hacer con esos objetos tan maravillosos y decidió consagrarlos a Hera. La diosa, con un gran suspiro porque no había logrado vencer a Heracles (y ella misma comenzaba a admirar al héroe), las devolvió al Jardín de las Hespérides, donde debían estar por ley divina.

El Can Cerbero, el perro de los muertos

Robar los bueyes de Gerión y llevarlos a Micenas había sido el más largo y lento de los trabajos de Heracles, pero le faltaba todavía el más peligroso.

Sólo a Hera se le podría haber ocurrido algo así, y al propio Euristeo se le erizaron los cabellos cuando pronunció su pedido: Heracles debía traer a su presencia al Can Cerbero.

Cerbero era el perro del dios Hades. Su misión era cuidar la entrada del mundo de los muertos. Estaba allí para impedir que entraran los vivos al Mundo Subterráneo y para que no pudieran escapar las sombras de los muertos. Como muchos otros monstruos, era hijo de Equidna y Tifón y, por lo tanto, hermano de Ortro, el perro que cuidaba los rebaños de Gerión. Además de su tamaño descomunal, tenía tres horribles cabezas y su cola era una serpiente.

Los seres vivos tenían prohibido descender al Tártaro, el espantoso reino subterráneo del dios Hades. Heracles jamás lo habría logrado si no hubiera contado con la ayuda de los dioses. Atenea y Hermes, por orden de Zeus, lo acompañaron y lo ayudaron a cruzar el umbral que muy pocos mortales lograron atravesar estando vivos. Fue Hermes el que persuadió a Caronte, el barquero de los infiernos, de que cruzara el Aqueronte con un mortal en su nave. ¡Y cómo se inclinaba la barca de Caronte,

acostumbrada a llevar sólo sombras, con el peso de Heracles!

En el reino de Hades, las sombras de los muertos huían de la presencia del héroe. Sólo dos se atrevieron a enfrentarlo: Medusa y Meleagro. Cuando vio a la terrible Medusa, con su cabellera de serpientes y sus ojos, capaz de convertir en piedra a quien mirara, Heracles dio vuelta la cara y desenvainó su espada, pero Hermes le recordó que sólo era una sombra.

Heracles no conocía a Meleagro y al principio lo confundió con un enemigo. Pero la sombra del guerrero le contó la triste historia de su muerte y le rogó que protegiese a su hermana viva, Deyanira, en forma tan conmovedora que Heracles le prometió casarse con ella. Meleagro jamás habría aceptado si hubiera conocido el triste destino de todos aquellos a los que amaba el héroe.

Al seguir avanzando, Heracles vio de pronto un cuerpo vivo, sufriente, que se destacaba entre las sombras que lo rodeaban. Era el héroe Teseo, a quien Hades tenía encadenado en sus dominios por haber intentado raptar a su esposa Perséfone. Heracles sabía que Teseo hacía falta en el mundo de los hombres. Consiguió que Perséfone lo perdonara y con su permiso lo liberó de sus cadenas.

—Sangre... sangre... sangre...— rogaban débilmente los muertos a su paso, porque sólo bebiendo el rojo vino que inunda el cuerpo de los vivos podían los muertos reanimar sus sombras. Compadecido, Heracles degolló algunos animales del ganado de Hades y les permitió beber para recuperar en parte sus fuerzas.

Y por fin llegó hasta el temible Hades, el rey de los muertos, cuyo nombre es preferible no pronunciar en voz alta. Con todo respeto, le rogó al rey dios que le permitiera llevarse al Can Cerbero.

—Puedes llevártelo —dijo Hades—. Siempre que logres dominarlo sin hacerle daño. Dejarás aquí todas tus armas y sólo puedes enfrentarte a mi perro envuelto en tu piel de león y con tus manos desnudas.

No se trataba solamente de fuerza: en la lucha contra el perro del Infierno, Heracles tuvo que soportar las mordeduras de la cola-serpiente sin soltar al animal, al que había conseguido atrapar por la base del cuello, de donde salían las tres cabezas. Sin aire, semiasfixiado por las poderosas manos de Heracles, el Can Cerbero se dejó colocar un collar y una correa. Una vez dominado, el héroe lo trató con un afecto al que el perro no estaba acostumbrado, y al que respondió con alegría. Acariciándole las cabezas, Heracles llevó al monstruo, ahora dócil, hasta Micenas. Euristeo, por supuesto, corrió una vez más a esconderse en su ridícula tinaja de bronce.

Heracles había completado, por fin, los diez trabajos a los que lo condenara el oráculo, que habían terminado por convertirse en doce.

Heracles y Deyanira

Dispuesto a cumplir con la promesa que le había hecho a Meleagro en el Hades, Heracles fue a pedir a su padre la mano de Deyanira. La princesa había sido prometida al dios río Aqueloo, pero no estaba en absoluto de acuerdo con la elección de su padre. Aqueloo tenía la capacidad de transformarse a voluntad en cualquier animal y Deyanira le tenía miedo: no le gustaba la idea de estar casada simultáneamente con un toro, un dragón, una paloma o un jabalí. Cuando conoció a Heracles, no tuvo dudas; ése era un hombre al que podía amar.

Pero Aqueloo no aceptó tranquilamente que le robaran a su novia. Y Heracles se vio obligado a trabarse en lucha contra el dios río, que cambiaba de forma bajo sus manos, como lo había hecho Nereo en la aventura del Jardín de las Hespérides. Aqueloo lo atacó transformado en toro, pero la fuerza de Heracles era enorme. Luchando con sus manos desnudas, arrojó al toro al suelo y le arrancó uno de sus cuernos. El dios río se dio por vencido. Y Heracles se casó con Deyanira.

Poco después de su boda, en un viaje, Heracles y Deyanira tuvieron que cruzar un río. El centauro Neso se ofreció a cruzarlos en su lomo. Cruzó a Heracles sin problemas y lo dejó en la orilla. Pero en lugar de llevar a Deyanira donde estaba su marido, la llevó a otra parte de la orilla, donde intentó violarla. Deyanira gritó desesperada. Heracles disparó sus flechas contra Neso y corrió a rescatarla. Antes de morir, Neso le hizo a Deyanira un extraño regalo.

—Mi sangre tiene un extraño poder —le dijo, con su último aliento—. Si alguna vez Heracles se enamora de otra, te servirá para recuperar su amor.

Sin que Heracles se diera cuenta, Deyanira recogió en un frasquito un poco de la sangre de Neso.

Heracles y Deyanira tuvieron dos hijos y vivieron felices durante varios años. Hasta que Heracles se enamoró de otra mujer. Enloquecida de celos, Deyanira comprendió que había llegado el momento de utilizar el remedio secreto: la sangre del centauro Neso. Mezclándola con agua, empapó una túnica en la poción mágica. Cuando estuvo seca, se la envió a Heracles, que estaba de viaje, como si fuera un regalo.

Sin sospechar nada, Heracles se puso la túnica. Pero la sangre de Neso era un terrible veneno. Cuando se calentó en contacto con la piel del héroe, comenzó a quemarle todo el cuerpo, como si fuera un ácido. Heracles, desesperado, trató de librarse de la túnica, pero se le había pegado al cuerpo de tal manera que sólo podía quitársela arrancando trozos de su carne.

Lo que no había conseguido el odio de dioses, hombres y monstruos, lo estaba logrando el amor de Deyanira. Heracles comprendió que había llegado su fin sobre la Tierra. Enloquecido de dolor, levantó con ramas secas una pira funeraria, se acostó sobre ella y le rogó a su mejor amigo que le prendiera fuego. Pronto se elevaron las llamas, consumiendo el cuerpo de Heracles. Y sin embargo...

Y sin embargo lo que las llamas quemaron fue sólo la parte mortal de Heracles, la que había heredado de su madre Alcmena. Y sobrevivió la parte divina, que había heredado de su padre Zeus. Transformado por el poder purificador del fuego, Heracles fue recibido por los dioses del Olimpo. Por su valor, por su fuerza, por sus muchos sufrimientos, se le otorgó la inmortalidad.

Desde entonces, Heracles vive para siempre en el Olimpo. Hasta se ha reconciliado con Hera, su eterna enemiga, que como prenda de paz le otorgó la mano de su hija, la bella Hebe, diosa de la juventud.

Jasón, los argonautas y el Vellocino de Oro

El Vellocino de Oro

¿Puede un hombre enamorar a una nube? Hubo un rey griego que lo logró y se casó con ella. La diosa nube fue su mujer durante muchos años, y tuvieron dos hijos.

Pero un día el rey se enamoró de otra mujer. Y sin reparar en el dolor de la diosa, la repudió, y se casó con la princesa Ino, que, además de su belleza, le aportaba la dote de su padre.

Al perder el amor de su marido, la diosa nube estaba obligada a volver al Cielo. Los dos hijos del rey y la Nube quedaron al cuidado de su madrastra, que los odiaba y quería librarse de ellos para que fueran sus propios hijos los que heredaran el trono. La malvada Ino, en secreto, hizo tostar todo el grano que se guardaba en el reino para semilla y volvió a ponerlo en su lugar. Por supuesto, cuando los campesinos sembraron el grano tostado, nada creció y ese año el hambre devastó el reino.

El rey, desesperado, no sabía cómo alimentar a su pueblo. Entonces Ino le aseguró que la mala cosecha era un castigo de los dioses. Había una sola manera de aplacarlos y devolver la prosperidad al reino: sacrificar a los hijos de la Nube maldita, que ni siquiera eran del todo humanos.

Pero la madre de los niños los protegía desde el Cielo. Y para salvarlos les envió un animal extraño y maravilloso: un carnero alado, cuyos vellones de lana eran de oro puro.

Montados en el carnero mágico, los dos niños, Frixo y Hele, cruzaron el mar. Volaban muy alto. La pequeña Hele, mucho menor que su hermano, se mareó y cayó en el mar, que tomó para siempre su nombre: se llamó Helesponto. Estaba a punto de ahogarse cuando la rescató el dios Poseidón, que con el tiempo llegaría a enamorarse de ella y la convertiría en princesa de los mares.

Frixo consiguió llegar a un lejano país llamado la Cólquide, donde fue muy bien recibido por sus habitantes y por su rey. Agradecido, siguiendo los consejos de su madre, Frixo sacrificó al carnero mágico, lo desolló y le regaló su piel con lana de oro al rey, que lo consagró a Ares, el dios de la guerra.

El Vellocino de Oro fue clavado en un roble, en un bosque que pertenecía al dios. Los adivinos habían predicho que mientras fueran dueños del Vellocino, los habitantes de la Cólquide serían prósperos y felices. Para asegurarse de que nadie robara un tesoro tan importante, el rey puso a custodiarlo a un gigantesco dragón que nunca dormía.

Y allí podría haber permanecido por los siglos de los siglos si no fuera porque...

Jasón y los argonautas

En la lejana ciudad de Yolcos, del otro lado del mundo, reinaba injustamente el rey Pelias, que le había robado el trono a su hermano. Para asegurarse de que no tendría problemas con sus descendientes, el rey Pelias intentó matar a su sobrino recién nacido. Pero un centauro, el sabio Quirón, logró esconderlo y se lo llevó con él a lo más profundo del bosque, donde lo crió y lo educó. Con el paso de los años, el pequeño Jasón se convirtió en un joven fuerte, inteligente, valeroso, y estuvo listo para reclamar lo que le correspondía: el trono de su padre, que su tío retenía sin ningún derecho.

Los adivinos le habían predicho al rey Pelias que un extranjero calzado con una sola sandalia conseguiría derrocarlo del trono.

Cuando Jasón se acercaba a la ciudad de Yolcos, al cruzar un río, perdió una sandalia en la correntada. Y así se presentó en la ciudad, como alguien que viene de vivir en el bosque, vestido con una piel de animal, con una lanza como las que sólo usan los centauros, y con un solo pie calzado.

Su tío Pelias no lo reconoció, pero supo que ese muchacho era el que le había anunciado el oráculo. Y tuvo miedo. Para disimularlo ante sus súbditos, invitó al joven a su palacio y dio un banquete en su honor. Ante todos los cortesanos reunidos, el rey se preguntó en voz alta:

—¿Qué hazaña sería en nuestros días la más extraordinaria, la más incomparable que puede cumplir un mortal?

—¡La conquista del Vellocino de Oro! —dijo Jasón, sin dudar.

—Ah, si yo tuviera las fuerzas y la edad para llevar a cabo semejante proeza... —suspiró el rey.

Jasón era joven, impetuoso, inexperto. Sintió que los ojos de todas las muchachas se clavaban en él. Vio a los hombres mirarlo con una mezcla de admiración y envidia. Y cayó en la trampa. Había bebido varias copas de vino.

—¡Yo puedo hacerlo! —dijo, un poco mareado—. ¡Yo traeré el Vellocino de Oro para entregarlo a la ciudad de Yolcos!

—Si lo haces —dijo el rey—, el trono de Yolcos será tuyo.

—¡Viva Pelias, viva Jasón! —gritaron todos los presentes.

Al día siguiente, Jasón se despertó muy tarde, cuando el Sol ya estaba alto en mitad del Cielo. Sólo entonces se dio cuenta de que había caído en una trampa. Pero no le importó.

Enseguida comenzaron los preparativos del viaje. El rey, encantado con el proyecto, confiando en que Jasón jamás regresaría de su viaje, no tuvo inconveniente en colaborar de todas las formas posibles. El mejor constructor de barcos de toda Grecia diseñó para Jasón un barco como jamás se había visto en el mundo: el Argos. Se decía que la mismísima diosa Atenea había ayudado a construirlo.

El rey Pelias sólo frunció el ceño cuando supo que los héroes más famosos de la Tierra, enterados del proyecto, se estaban presentando para participar en el viaje y ayudar a Jasón. Allí estaban, entre otros, el mismísimo Heracles y también los mellizos Cástor y Pólux, hijos del dios Zeus, y el gran Orfeo, cuya música era comparable al sonido bello y terrible de las sirenas. Iban también los hijos de Bóreas, el Viento del Norte, y muchos otros valientes. Cincuenta guerreros se embarcaron en el Argos. Por el nombre del barco, los llamaron "los argonautas". ¡La aventura había comenzado!

En la isla de Lemnos

La primera escala del Argos fue la isla de Lemnos, habitada sólo por mujeres. Afrodita, furiosa contra las mujeres de Lemnos porque habían descuidado sus templos, había lanzado sobre ellas una terrible maldición. Las pobres

lemnias comenzaron a despedir un olor tan repugnante que sus maridos y novios las rechazaban y sólo querían estar con las extranjeras o las cautivas. Locas de celos, las malolientes mujeres de Lemnos mataron a todos los hombres de la isla. Afrodita, compadecida de las desdichadas, retiró la maldición. Cuando llegaron los argonautas, las lemnias olían ya como mujeres normales y les dieron la bienvenida con mucha alegría.

Los doliones

De nuevo en el mar, el Argos llegó a otra isla, habitada por los doliones. Tanto el rey como su pueblo, que sabían ya sobre la aventura emprendida por los argonautas, los recibieron con fiestas y banquetes.

La noche siguiente a los festejos fue negra y nublada. Los argonautas se hicieron a la mar, pero los vientos eran cambiantes y no había estrellas para orientarse. Antes del alba tocaron tierra sin darse cuenta de que habían regresado a la isla de los doliones. A su vez, confundidos por la oscuridad, los doliones los tomaron por piratas. Comenzó una horrible batalla a ciegas, donde los héroes mataron a muchos de sus amigos doliones, incluso al rey. Cuando la luz del día les mostró lo que habían hecho, la pena y la vergüenza no tuvo límites. Jasón le hizo solemnes funerales al rey de los doliones, enterraron a los muertos, erigieron estatuas que los recordaran y durante tres días lloraron por ellos antes de hacerse nuevamente a la mar.

Heracles deja el Argos

A causa de su fuerza descontrolada, Heracles había roto su remo. En una de las islas en las que se detuvo el Argos, se internó en el bosque en busca de un árbol de madera lo bastante dura como para soportar la fuerza de su envión al remar. Había llevado consigo a un muchachito muy joven, el hijo de un amigo, del que se sentía responsable. Mientras Heracles no estaba, desoyendo los consejos de los hombres con más experiencia, el jovencito se echó a correr detrás de unas ninfas, que lo llevaron a su perdición: creyendo abrazar a una mujer tan bella como una diosa, el desdichado Hilas se ahogó en un manantial. Cuando Heracles volvió, nadie sabía dónde estaba el joven Hilas. Desesperado, salió a buscarlo por toda la isla. A la mañana siguiente Heracles todavía no había regresado y el Argos tuvo que zarpar sin él.

En el país de los bébrices

En el país de los bébrices reinaba el cruel Ámico, un gigante que desafiaba a pelear a todos los extranjeros, los vencía y los mataba. Por suerte, los argonautas tenían entre ellos a Pólux, el campeón de pugilato de toda Grecia: nadie podía contra sus puños de acero. Vencido Ámico, los bébrices se lanzaron sobre los héroes, pero no pudieron con ellos.

Fineo y las Harpías

Perseguidos por una tempestad, los argonautas tuvieron que hacer escala en la costa del continente, en el país de Fineo.

Hijo del dios Poseidón, Fineo era un adivino ciego. Por revelar a los hombres los secretos de los dioses, Zeus lo había castigado de una manera atroz. Todos los días se presentaba ante él un delicioso banquete. Y cuando estaba a punto de comer, aparecían las malditas Harpías, unos pájaros de garras afiladas, con horribles cabezas de mujer. Las Harpías se lanzaban sobre los alimentos y los devoraban. Todo lo que no podían comer, lo ensuciaban con sus excrementos repugnantes, malolientes y venenosos, dejándole a Fineo apenas lo suficiente como para sobrevivir hasta el día siguiente, cuando el tormento volvía a empezar.

Los argonautas necesitaban el consejo de Fineo, que conocía los designios del destino. Pero Fineo les puso un precio a sus visiones: nada les diría hasta que no lo libraran de las Harpías.

Al día siguiente, como siempre, Fineo se sentó a la mesa ricamente servida. En el acto aparecieron, chillando, las Harpías. Pero esta vez tenían rivales de su talla: entre los argonautas estaban los hijos de Bóreas, el Viento Norte. Sólo ellos eran capaces de volar a la misma velocidad que los monstruos, y se lanzaron en su persecución. Durante días y noches las acosaron hasta que las Harpías, agotadas, se declararon vencidas. Por ser enviadas de Zeus, les fue perdonada la vida a cambio de que dejaran en paz a Fineo.

El adivino estaba feliz. Ahora que nadie lo molestaba, no paraba de comer. Con lágrimas de felicidad en los ojos, con la boca llena de comida, les dijo a los argonautas que en las Rocas Simplégades se definiría el destino de la expedición. Se trataba de dos enormes rocas que no estaban fijas al fondo del mar, sino que se movían y chocaban entre sí, haciendo naufragar a los barcos que atrapaban en su tenaza fatal.

—Cuando estén allí, deben soltar una paloma, que volará entre las Simplégades —les dijo Fineo—. Si los escollos chocan entre sí atrapando al ave, eso significa que tienen en contra la voluntad de los dioses y no deben seguir adelante.

Las Rocas Simplégades

Siguiendo el camino que les había aconsejado Fineo, el Argos llegó pronto a la región de las Simplégades. Eran dos enormes escollos de roca negra, inmensos como montañas, que se movían a su antojo en el mar, aplastando los barcos al chocar entre sí.

Los argonautas soltaron una paloma, que voló entre las Simplégades. Justo cuando estaba terminando de pasar al otro lado, las rocas se cerraron sorpresivamente, atrapando la cola de la paloma, que perdió algunas plumas. El Argos se lanzó hacia delante, detrás de la paloma. Las rocas se abrieron para dejarlo pasar, pero a último momento se precipitaron otra vez una contra la otra, averiando la popa del barco.

Cuando las rocas se separaron, nunca más volvieron a moverse, porque era su destino permanecer fijas en su lugar a partir de la primera vez que un barco lograra pasar entre ellas.

En el Mar Negro

Al pasar las Rocas Simplégades, los argonautas habían conseguido entrar al Mar Negro. ¡Ya estaban muy cerca de la Cólquide! Tocaron tierra para abastecerse en el país de los mariandinos, donde fueron muy bien recibidos por su rey.

El rey de los mariandinos había estado en guerra durante años contra el malvado Ámico, el rey de los Bébrices, que había matado a su hermano a puñetazos. Ya le habían llegado noticias de la derrota de Ámico a manos de uno de los argonautas. Feliz y agradecido, decidió festejar la llegada de los héroes con una cacería en la que todos participaron. Pero tuvieron tanta mala fortuna que un jabalí herido se abalanzó sobre el piloto del Argos y lo mató con sus colmillos.

Jasón estaba desesperado. Nadie podría manejar el Argos con la habilidad y la sangre fría del piloto muerto.

Pero el rey de los mariandinos les propuso que llevaran a su propio hijo como timonel. Quizás tardaría un tiempo en aprender a dominar el Argos, pero como había nacido a las orillas del Mar Negro conocía todos sus secretos.

Y nuevamente se hicieron a la mar.

En la Cólquide

Cuando Jasón y sus héroes se presentaron ante Eetes, el rey de la Cólquide, ya su fama se les había adelantado y todos sabían a qué venían. Eetes no se sorprendió ni se enojó cuando Jasón le pidió, con modales de príncipe y firmeza de guerrero, que le entregara el Vellocino de Oro. Tenía una respuesta preparada.

—No hay necesidad de arriesgar la vida de tus argonautas, Jasón, ni la de mis soldados. No lucharemos. Te daré el Vellocino si logras superar dos sencillas pruebas. Sólo te pido que unzas al yugo del arado dos bueyes que tengo sin domar. Con ellos tendrás que arar un pequeño campo y sembrar allí las semillas que te entrego en esta bolsa.

Parecía sencillo. Atar dos bueyes al arado. Arar. Sembrar. Nada que no pudiera hacer un hombre como Jasón, que no le temía a un par de toros sin domar por grandes y fuertes que fueran. Y sin embargo...

Jasón nunca lo habría logrado si no hubiera sido por la ayuda de la hermosa hija de Eetes, la princesa Medea, experta en artes de hechicería. Medea conoció a Jasón en el palacio de su padre y toda su magia no la había protegido de caer en el más poderoso de los hechizos: el del amor.

Locamente enamorada de Jasón, Medea se presentó esa noche en los aposentos que el rey había destinado a los argonautas.

—Vengo a salvarte, Jasón.

—No necesito ayuda de una mujer —contestó Jasón—. Me basta con mi fuerza y mi coraje.

Medea sonrió (qué bella era su sonrisa) y siguió hablando como si no lo hubiera escuchado.

—No son toros comunes los que tendrás que uncir al arado. Son un regalo del dios Hefesto. Tienen pezuñas de bronce y su aliento es de fuego. Este ungüento te protegerá de sus quemaduras y te hará invulnerable a sus cornadas.

Jasón empezaba a entender la trampa que le habían tendido y ahora miraba con interés y curiosidad a esa muchacha que había venido a salvarle la vida. Y cuando la tuvo en sus brazos, supo que podía confiar en ella. Medea le explicó lo que tenía que hacer cuando terminara de sembrar esas supuestas semillas, que en realidad eran dientes de dragón.

Al día siguiente, el rey Eetes, sus cortesanos, los habitantes de la Cólquide y los argonautas se reunieron para ver el espectáculo.

Desarmado, con la sola fuerza de sus brazos, Jasón logró dominar a los toros y uncirlos al arado. Eetes no lo podía creer. Sobre todo, no entendía por qué el fuego que los monstruos despedían por las narices no quemaba al héroe.

Después, Jasón aró el campo tal como se lo habían indicado y sembró los dientes de dragón. Apenas había terminado la extraña siembra cuando de cada una de las siniestras semillas brotó un soldado íntegramente armado y listo para la lucha. En unos instantes, un ejército completo se abalanzaba sobre Jasón, que sin retroceder ni un paso se limitó a levantar una piedra del suelo y lanzarla entre los soldados. Culpándose mutuamente de haber lanzado la piedra, los soldados mágicos se lanzaron entonces a luchar y pronto se exterminaron entre sí.

Eetes no pensaba en modo alguno cumplir con su promesa. Había contado con que Jasón muriera tratando de realizar las pruebas. Ahora que había fracasado su engaño, fingió alegrarse con el éxito de Jasón mientras planeaba la manera más eficaz de prenderle fuego al Argos y asesinar al extranjero con toda su tripulación.

Medea, que conocía a su padre, no perdió ni un segundo. Esa misma noche les dijo a los argonautas que se prepararan para partir. Y llevó a Jasón a buscar el Vellocino de Oro, que brillaba con mágico resplandor clavado al tronco de un roble en el bosque de Ares. Nadie podía vencer a la gigantesca serpiente insomne que lo custodiaba. Pero Medea no trató de vencerla, sólo trató de dormirla.

Entonó una canción mágica hasta lograr que la serpiente cayera en un sueño hipnótico.

Con el Vellocino en su poder, Jasón y Medea abordaron la nave, que zarpó a toda velocidad, impulsada por los vientos y los remos. Eetes intentó perseguirlos con su flota, pero ningún barco común podía alcanzar al veloz Argos.

Jasón y los argonautas volvían a Yolcos con el Vellocino de Oro. Pero ¿lograrían llegar a destino? El viaje de vuelta sería tan largo y tan difícil como el de ida.

Circe y las sirenas

Para evitar encontrarse con la flota de Eetes, los argonautas no tomaron la misma ruta que habían usado para llegar a la Cólquide y pusieron proa hacia el Danubio. En el camino, una tremenda tempestad estuvo a punto de hacerlos naufragar. Y entonces, por primera vez, habló el Argos, que había sido construido con madera mágica y dotado por Atenea del arte de la profecía.

—Esta tormenta ha sido enviada por Zeus —dijo el barco, con su ronca voz de madera—. Ya no podré avanzar sin ayuda de Circe, la hechicera.

Circe era hija del Sol, como el rey Eetes, y, por lo tanto, la tía de Medea. Con sus conjuros, aplacó la furia de Zeus para que el Argos pudiera continuar su viaje.

Al salir de la isla de Circe, los argonautas entraron al temible Mar de las Sirenas. Las sirenas eran genios marinos, mitad mujer y mitad ave. Vivían en una isla del Mediterráneo, y con su música maravillosa, irresistible, atraían a los navegantes. Los barcos se acercaban a las costas rocosas de la isla y zozobraban contra los escollos. Después, las sirenas devoraban a los náufragos.

Pero los argonautas llevaban entre ellos al músico más extraordinario de la Tierra, al gran Orfeo, capaz de encantar con su lira al mismo dios de los Infiernos. Orfeo tocó su lira y entonó una canción tan melodiosa que consiguió apagar las voces de las malditas sirenas.

Y los argonautas consiguieron pasar una vez más.

Escila y Caribdis

Por haber tomado otra ruta, los argonautas tenían que enfrentarse a nuevos peligros. Pronto llegaron al estrecho de Escila y Caribdis, que ningún barco lograba cruzar sin daños.

Escila era un monstruo con torso de mujer y cola de pez, que a partir de la cintura estaba formado, además, por seis perros feroces que devoraban todo lo que estaba a su alcance.

Caribdis era un monstruoso remolino que tres veces por día tragaba agua del mar en cantidades inconcebibles, absorbiendo también todo lo que había en ella: peces, barcos o ballenas. Unas horas después vomitaba todo lo que se había tragado.

Los monstruos estaban enfrentados en un estrecho. Cada uno ocupaba una de las orillas entre las que tenían que pasar los barcos. Y estaban a sólo un tiro de flecha uno del otro. Tratando de alejarse del remolino de Caribdis, los navegantes caían en las fauces de los perros de Escila.

Pero los argonautas contaron con la ayuda de una de las Nereidas, las ninfas del mar, que conocía las costumbres de los monstruos y los hizo atravesar el estrecho fuera del alcance de Escila, mientras Caribdis dormía con el vientre lleno de agua salada.

Del otro lado los esperaban las Islas Errantes, que flotaban como inmensos témpanos, haciendo que los barcos chocaran contra ellas. Pero, gracias a la gran habilidad de su timonel, lograron sortear también este peligro.

En la isla de Corfú

Los argonautas tenían que aprovisionarse constantemente de víveres y agua dulce. Cuando, después de haber enfrentado tantos peligros, se detuvieron en la isla de Corfú, creyeron que tendrían un merecido descanso: sus amistosos habitantes los recibieron con honores.

Sin embargo, antes que ellos, había llegado a Corfú una parte del ejército de la Cólquide, que pretendía rescatar el Vellocino y llevarse con ellos a Medea. Eran guerreros valientes y desesperados, porque sabían que no podían regresar a su país con las manos vacías. Le exigieron al rey de Corfú que les entregara a los extranjeros y a la princesa Medea, hija de su rey Eetes.

Pero el rey de Corfú sólo buscaba la paz.

—Si la princesa Medea ya es la esposa de Jasón —les dijo—, no tengo derecho a devolverla a su padre.

Enterado en secreto de la decisión del rey, Jasón se apresuró a casarse con Medea, que, por supuesto, no tuvo ningún inconveniente. Convertida en la esposa de Jasón, su padre ya no tenía ningún derecho sobre ella.

—Jasón es mi marido. Y el Vellocino es la dote que me corresponde como princesa de la Cólquide —afirmó Medea ante el rey de Corfú y los guerreros que habían venido a buscarla.

Los soldados de la Cólquide sabían que no podrían luchar contra los argonautas y el ejército de Corfú al mismo tiempo. Resignados, pero con mucho miedo a la venganza del padre de Medea y a la vergüenza que les esperaba si volvían a su patria con las manos vacías, decidieron quedarse a vivir para siempre en la isla.

En el desierto africano

Poco después de salir de Corfú, se abatió sobre el Argos una tormenta gigantesca, mucho más potente y feroz que todas las que había sufrido hasta entonces. Vientos huracanados como jamás habían conocido hicieron volar el barco sobre las aguas en medio de la noche. Y, de pronto, todo fue calma, silencio, y la más absoluta inmovilidad.

Cuando la luz del alba les permitió ver dónde estaban, los argonautas no podían creer en sus ojos. Volando por el aire, transportado por el ciclón, el Argos se había adentrado en la costa africana. Ya no estaban en el mar. Ahora estaban en medio del desierto, con el barco encallado en la arena.

Muchos creyeron que éste era el fin de su viaje. Pero Jasón y otros valientes decidieron que había que seguir a toda costa. Entre todos, se cargaron el barco sobre los hombros y se echaron a caminar (lenta, pesadamente) por el desierto, en busca de agua: para beber, para navegar. Doce días eternos caminaron bajo un sol destructor hasta llegar a un lago.

Felices, los argonautas se lanzaron a las aguas frescas. Pero cuando se dieron cuenta de que se trataba de agua salada, creyeron, una vez más, que el fin había llegado. Agotados, muertos de hambre y de sed, no podían seguir cargando el barco sin saber adónde iban.

Desesperados, rogaron ayuda a los dioses. Jasón tenía un magnífico trípode de oro y prometió regalarlo a quien lo ayudara. Atraído por el regalo, compadecido por la desdicha de los héroes, Tritón, el dios del lago, decidió ayudarlos. Les dio agua dulce y los ayudó a descubrir el canal que unía el lago con el mar.

¡El Argos navegaba otra vez hacia Yolcos!

El gigante de bronce

El Argos llegó por fin a la isla de Creta, ya muy cerca de su destino. Pero Minos, el rey de Creta, no quería forasteros en su isla. Para impedir que los extranjeros desembarcaran, un gigante de bronce a las órdenes de Minos custodiaba las costas, dando la vuelta completa a la isla tres veces por día.

El gigante se llamaba Talos, y había sido construido por el dios Hefesto, el gran inventor. Levantaba enormes rocas y las arrojaba contra los barcos que se acercaban a la costa. Cuando conseguía atrapar a los hombres que intentaban desembarcar, su cuerpo de bronce se volvía incandescente, y los quemaba abrazándolos contra el enorme pecho de fuego. Su vida de autómata dependía del líquido que corría por una vena artificial que lo recorría desde el cuello hasta el talón, donde un clavo la mantenía cerrada.

Al acercarse a la costa de Creta, Medea preparó una de sus pociones mágicas, tan potente que con sólo sentir su aroma desde lejos, el gigantesco Talos cayó en una especie de ensoñación. Entre alucinaciones extrañas, Talos escuchaba la voz de Medea, que le prometía la inmortalidad si lograba quitarse el clavo del talón. En su locura, Talos golpeó una y otra vez su pie contra las rocas, hasta que consiguió arrancarse el clavo del que dependía su vida. Y al derramarse el líquido que lo mantenía vivo, cayó muerto, convertido en una inmóvil masa de bronce.

Los argonautas no tenían ningún interés en pelear contra el ejército del rey Minos. Pasaron esa noche en la playa y con las primeras luces volvieron a partir.

La noche terrible

Esa misma tarde, cuando el sol se puso, una oscuridad como jamás habían conocido antes envolvió al Argos. No era una noche común. No había luna ni estrellas, ni los relámpagos que acompañan las nubes de tormenta. Era una oscuridad aterradora, silenciosa, única, parecida al caos anterior a la creación del Universo.

Aterrados, los argonautas rogaron al dios Sol que les enviara una luz para orientarse. Y una tímida llamita les permitió ver las costas de una isla donde pudieron anclar.

El regreso a Yolcos

En unos pocos días más de navegación, los argonautas llegaron a las costas de Yolcos. El largo viaje había terminado. Traían con ellos el Vellocino de Oro. Jasón y sus héroes habían conseguido realizar la hazaña más grande de toda la historia de la humanidad y serían recordados para siempre.

¿Cumplió Pelias con su promesa de entregar el trono a Jasón? Unos dicen que sí, otros dicen que no.

Lo único seguro es que Jasón nunca cumplió con la promesa de amar para siempre a Medea, y la abandonó después de haber tenido con ella dos hijos. El héroe, que no temía a ningún monstruo, tuvo miedo, quizás, de las artes hechiceras de su propia mujer. Un tiempo después, Medea se casó con Egeo, el rey de Atenas.

Teseo, el vencedor del Minotauro

El joven héroe

Minos, el rey de Atenas, no podía tener hijos. Por más que repudiara a sus mujeres y volviera a casarse, ninguna de sus esposas quedaba encinta. Estaba muy preocupado. Si no lograba tener descendencia, el trono les correspondería a los hijos de su hermano y él quería (desesperadamente) legárselo a un hijo de su propia sangre.

Para saber si algún día llegaría a cumplir su deseo, consultó al oráculo de Delfos. Pero la respuesta fue confusa. Su barco se detuvo en el camino de vuelta a Atenas porque Egeo quería consultar sobre el significado de la profecía al sabio rey de una pequeña ciudad.

Lo que había dicho el oráculo era que Egeo tenía una oportunidad de tener hijos, pero sólo una. El sabio rey entendió perfectamente. Y como le gustaba la idea de que su nieto fuera rey de Atenas, emborrachó a Egeo y lo hizo pasar la noche con su hija. Así nació Teseo.

Egeo amaba a su hijo, pero temía por su vida si regresaba con él a Atenas. Sus malvados sobrinos eran capaces de todo con tal de quedarse con el trono. Entonces decidió volver solo y dejar a su pequeño en un lugar seguro, con su madre y su abuelo. Antes de irse, escondió su espada y sus sandalias debajo de una enorme roca.

—Cuando nuestro hijo tenga bastante fuerza como para levantar esa roca, lo enviarás a Atenas en secreto. Recuerda que mis sobrinos están dispuestos a matar a un heredero del trono —le dijo a la madre de Teseo.

Teseo fue valiente desde muy pequeño. Se cuenta que cierto día Heracles, de visita en el palacio de su abuelo, se había quitado la piel del León de Nemea y la tenía a su lado. Creyendo que era un león de verdad, los niños del palacio huyeron gritando. Sólo Teseo, que tenía siete años, tomó la espada de uno de sus criados y atacó a la supuesta fiera. Heracles le sacó la espada de la mano con una sonrisa de admiración que Teseo nunca olvidaría.

Aventuras en el viaje a Atenas

Teseo tenía sólo dieciséis años cuando su madre juzgó que ya estaba en condiciones de cumplir lo que Egeo le había ordenado. Y así fue. De un solo empujón, Teseo movió la roca y recuperó las sandalias y la espada de su padre.

—Debes ir a Atenas, hijo, pero no vayas por tierra —rogó la madre—. En este momento Heracles está cautivo de sus enemigos y el camino está infestado de monstruos y criminales.

116

Pero Teseo era muy joven y en lugar de detenerlo, la advertencia lo entusiasmó. Eso era exactamente lo que deseaba: la oportunidad de luchar contra monstruos y criminales. El muchacho soñaba con convertirse en un héroe de la talla de Heracles, a quien tanto admiraba.

Por supuesto, inició su viaje por tierra, cruzando el istmo de Corinto. El primer enemigo que probó sus fuerzas fue un asaltante de caminos que no era un ladrón cualquiera, sino un hijo del dios Hefesto, feo y rengo como su padre. Mataba a los viajeros con una enorme maza de bronce con la que Teseo, después de vencerlo, se quedó para siempre.

Un gigante cruel devastaba la región. Lo llamaban "El doblador de pinos". Doblaba dos pinos, ataba a sus víctimas a las copas de cada uno y después los soltaba de golpe, para descuartizar a los desdichados. Teseo lo mató con tan poca piedad como la que "El doblador" mostraba con los demás.

Luego, de un solo sablazo, logró decapitar a la Cerda de Cromión, un animal monstruoso, otro hijo de Tifón y Equidna, contra el que nadie podía.

Teseo también se cruzó con Cerción, hábil como nadie en la lucha. El criminal obligaba a todos los que pasaban cerca de su guarida a pelear con él con las manos desnudas. Y mataba a los vencidos. Nunca pensó que un jovencito como Teseo lograría levantarlo y arrojarlo por el aire, matándolo de un solo golpe contra el suelo.

Y, finalmente, Teseo tuvo que enfrentar a Procusto, "el estirador", el más cruel y perverso de todos los bandidos. Procusto invitaba a los viajeros a su posada, donde tenía dos camas, una grande y una pequeña. Atacaba a los viajeros, los ataba y amordazaba. A los de gran tamaño los ponía en la cama pequeña y les cortaba todo lo que sobraba, empezando por los pies. A los de poca estatura los ponía en la cama larga. Con sogas y descoyuntándolos a martillazos los estiraba hasta que morían del tamaño de su lecho.

Teseo fingió aceptar la posada que le ofrecía Procusto y allí lo mató, para enorme alivio de los pobladores de la comarca.

El trono de Atenas

Teseo llegó a Atenas sin darse a conocer, tal como su madre se lo había aconsejado. Pronto comprendió que no era sólo a sus primos a quienes debía temer. Egeo, su padre, se había casado con la hechicera. Medea, repudiada por Jasón. Con sus artes mágicas, Medea había prometido curarlo de su esterilidad. Y, por supuesto, si lo lograba, quería que su hijo heredara el trono.

Cuando el joven llegó a la corte, ya todos conocían su fama de justiciero, matador de monstruos y bandidos. Por temor a su madrastra, Teseo decidió permanecer de incógnito hasta entender mejor lo que estaba pasando. Pero, por supuesto, Medea lo reconoció inmediatamente y trató de librarse de él. Convenció a su marido de que enviara al joven héroe a luchar contra el Toro de Maratón[14].

¡Qué más quería Teseo que la posibilidad de luchar contra un toro gigante que respiraba fuego! Y más todavía si se trataba de repetir una de las hazañas de su admirado Heracles. Con su maza de bronce logró vencerlo y lo ofreció en sacrificio a los dioses.

Entonces Egeo, siempre aconsejado por Medea, lo invitó a celebrar su victoria con un gran banquete en su palacio. Los esposos se habían puesto de acuerdo en darle una copa de vino envenenado al peligroso extranjero. Teseo ya tenía la copa en la mano cuando sacó la espada para cortar un trozo de carne de jabalí que le ofrecían en una fuente.

Egeo reconoció en el acto la espada que había ocultado bajo la roca para su hijo. El muchacho se llevaba ya la copa de veneno a los labios. No había tiempo de dar explicaciones. Con un movimiento brusco, su padre le golpeó el brazo, la copa cayó al suelo, y se derramó su contenido mortal.

---

[14] Se trataba del mismísimo Toro de Creta, el padre del Minotauro, al que Heracles había vencido sin matarlo, y llevó luego al Peloponeso.

Allí mismo, Egeo reconoció a su hijo ante todos los cortesanos presentes, lo nombró único heredero del trono de Atenas y desterró para siempre a Medea y a su hijo.

Los cincuenta primos de Teseo, que ya se relamían pensando en heredar el trono de Atenas, se enfurecieron al ver que Egeo tenía ahora un descendiente de su propia sangre. Enfurecidos, se prepararon para luchar contra Teseo y le tendieron una emboscada. Por suerte, uno de los soldados, que quería y admiraba al joven héroe, le detalló el astuto plan y así Teseo logró vencerlos.

Pero antes de sentarse en el trono de Atenas, lo esperaba a Teseo la más grande de todas sus hazañas, aquella por la que sería recordado para siempre.

El Minotauro

El Minotauro era hijo del monstruoso Toro contra el que habían luchado primero Heracles, y después el propio Teseo, que finalmente lo ofreció en sacrificio a los dioses.

Su madre era la esposa de Minos, el rey de Creta, que por culpa de una maldición de Poseidón se había enamorado del toro. El Minotauro era un horrendo monstruo con cuerpo de hombre y cabeza de toro que sólo se alimentaba de seres humanos.

El rey Minos, sin embargo, no lo quiso matar. El Minotauro era hijo de su esposa, y él se sentía responsable de su nacimiento. Si no hubiera enfurecido a Poseidón, negándole el sacrificio del toro, el Minotauro jamás habría nacido. Su pobre mujer, enloquecida por la maldición de los dioses, no tenía ninguna culpa.

Minos, entonces, le pidió al gran arquitecto Dédalo que construyera un laberinto con tal confusión de pasillos, habitaciones y escaleras que no llevaran a ninguna parte, que una vez encerrado adentro, nadie fuera capaz de encontrar la salida. Allí encerró al Minotauro y cada año le hacía llegar su ración de jóvenes tiernos y apetitosos. Pero, como no quería tener problemas con sus súbditos, en lugar de exigir que entraran al laberinto jóvenes cretenses, le había impuesto a Atenas como tributo que le entregara cada nueve años siete varones y siete doncellas para entregarlos a la voracidad del Minotauro.

Teseo, Minotauro y Ariadna

Dos veces Atenas había entregado el terrible tributo y la fecha se acercaba nuevamente. Hacía veintisiete años que el monstruo de Creta se alimentaba con carne de jóvenes atenienses. El pueblo comenzaba a murmurar contra el rey. Los hombres hubieran preferido morir luchando antes que entregar a sus hijos. ¿Y por qué el rey no destinaba su propio hijo al Minotauro?

—Iré a Creta —dijo entonces Teseo—. Y mataré al Minotauro.

Egeo trató por todos los medios posibles de disuadir a su único hijo. Pero Teseo sentía que ésa era su obligación y su misión, y no se dejó convencer.

Como siempre, el barco que llevaba la triste carga de catorce jóvenes para alimento del horror partió con velas negras. Pero el padre de Teseo hizo cargar velas blancas, porque si su hijo lograba el triunfo, quería saberlo cuanto antes, sin esperar a que el barco tocara puerto.

En Creta, los jóvenes fueron recibidos con banquetes y festejos. Las víctimas del sacrificio debían ser honradas y era fácil hacerlo con alegría cuando no se trataba de parientes ni amigos. Teseo se destacaba entre los demás por su altura, su porte, su gentileza y su buen humor, que contrastaba con la actitud temerosa y afligida de los otros. Una de las hijas del rey Minos, la rubia princesa Ariadna, se enamoró perdidamente de él.

—No temas —le decía Teseo, viendo las lágrimas correr por la cara de Ariadna, que lo visitaba en secreto—. Luché contra criminales más feroces que el Minotauro y los vencí.

Pero Ariadna sabía que el monstruo no era el único desafío que esperaba a Teseo. Aunque lograra matarlo, ¿cómo podría salir de ese palacio maldito, inventado para perder a sus ocupantes? Había una sola persona en Creta capaz de ayudarla: Dédalo, el constructor del laberinto.

Una noche, justo antes de la consumación del sacrificio, Ariadna puso en la mano de Teseo un ovillo de hilo. El joven la miró desconcertado.

—Lo atarás a la entrada del laberinto —dijo ella.

Y Teseo comprendió.

—Pero debes prometer que me llevarás contigo a Atenas —le rogó Ariadna—. Mi padre me matará si sabe que te ayudé a escapar.

Al día siguiente, los catorce jóvenes atenienses entraron al laberinto. Empujados por las lanzas de los soldados, se vieron obligados a avanzar hasta perderse en los infinitos corredores. Pero no se separaron. Y Teseo iba adelante. Sin que nadie lo notara, iba soltando el hilo del ovillo que le había dado Ariadna.

Pronto escucharon una respiración estruendosa y poco después un mugido gigantesco, estremecedor, como el rugido de una fiera. El Minotauro apareció ante ellos, en todo su horror, hambriento y feroz. La lucha fue breve.

El Minotauro arremetía con toda su fuerza animal, pero manejaba con torpeza su cuerpo de humano. Y Teseo luchaba con su enorme fuerza, pero también con su inteligencia. Cuando consiguió matar al Minotauro, los jóvenes atenienses lo rodearon, desconsolados.

—¿Y ahora? ¡Moriremos de hambre y sed, perdidos en el laberinto! ¿No hubiera sido mejor que nos matara el Minotauro? —se decían.

Pero Teseo no tuvo más que caminar directamente hacia la salida, guiándose por el hilo que Ariadna le había entregado. Así salieron al exterior. Era de noche. Ariadna los estaba esperando a la salida del laberinto y se abrazó a Teseo con pasión, con inmensa alegría. Corrieron al puerto. Antes de abordar la nave que los sacaría de la isla, Teseo ordenó a sus compañeros que rompieran los maderos de las naves cretenses, para que no pudieran perseguirlos. Fue fácil, porque no estaban custodiadas: Creta creía haberse librado de todos sus enemigos.

En el viaje de vuelta, el barco de Teseo hizo escala en una isla. Ariadna, agotada, se quedó dormida en la orilla. Cuando despertó, las velas negras se perdían a lo lejos, ya en mar abierto. Algunos dicen que fue por culpa de una tempestad que arrastró la nave a mar abierto, otros dicen que Teseo se vio obligado a abandonarla por orden de los dioses. En todo caso, la desesperación de Ariadna no duró mucho. Un bellísimo joven, transportado por un extraño carro cubierto de racimos de uva y hojas de parra,

acompañado por ninfas y sátiros, salió a su encuentro. Era el dios Dioniso[15], que se había enamorado de la rubia Ariadna y quería proponerle casamiento.

Entretanto, Teseo se acercaba a la costa de Atenas. A causa del dolor y la confusión que le había provocado la pérdida de Ariadna, se había olvidado de cambiar las velas negras por blancas. Cuando su padre vio desde lejos que el barco volvía con velas negras, su pena no tuvo límites. Su único hijo había muerto. La vida ya no tenía sentido. Desde lo alto de un acantilado, se arrojó al mar, y murió en el acto. Desde entonces el mar Egeo lleva su nombre.

Teseo, rey de Atenas

Teseo fue un buen rey. Instauró en Atenas la democracia. Por primera vez en la historia de la humanidad, los ciudadanos podrían votar para elegir a sus autoridades. Construyó muchos de los edificios públicos de la ciudad, conquistó Megara y la sumó a los dominios de Atenas...

Pero Teseo amaba la lucha por sobre todas las cosas. Y embarcó a Atenas en una peligrosa guerra contra las amazonas, en la que, por suerte, consiguieron derrotar a las salvajes mujeres guerreras. También participó en el

---

[15] Dioniso es el dios del vino. Para más información, ir a la pág. 198.

viaje de los argonautas. Y por defender a Pritoo, uno de sus amigos, se metió en la lucha entre los lapitas y los centauros.

Sus aventuras con Pritoo terminaron muy mal. Los dos amigos habían decidido casarse con hijas de Zeus y para eso raptaron primero a la pequeña Helena, hermana de Cástor y Pólux, los Dióscuros, y después fueron nada menos que al Reino de los Muertos con la mala idea de robarle al dios Hades su esposa Perséfone, la Primavera.

Hades fingió recibir con grandes honores a los dos héroes y los invitó a sentarse para compartir un banquete. Pero cuando Teseo y Pritoo quisieron levantarse, se encontraron pegados a sus asientos.

Y allí estarían todavía si no fuera porque Heracles, cuando tuvo que apoderarse del Can Cerbero, el perro de los Infiernos, para llevárselo a Euristeo, consiguió convencer a Perséfone de que liberara al menos a Teseo, cuya fuerza y coraje todavía hacían falta sobre la Tierra.

Entretanto, los Dióscuros, Cástor y Pólux, habían entrado a espada y lanza en Atenas. Liberaron a su hermana Helena y se la llevaron de vuelta junto con la madre de Teseo. En lugar del reemplazante que Teseo había dejado cuando se fue al Hades, pusieron a un rey aliado.

Cuando Teseo volvió a Atenas, después de su largo encierro en el reino subterráneo, se la encontró dividida en grupos políticos que luchaban entre sí. Muy desanimado, renunció al trono y a su querida ciudad y se fue al exilio, donde murió tiempo después.

Pero sus hazañas nunca fueron olvidadas por los atenienses, que durante siglos le rindieron honores.

Ícaro y Dédalo, los fugitivos del laberinto

Cuando Teseo, después de matar al Minotauro, consiguió salir del laberinto y escapó de Creta llevándose a su hija Ariadna, el rey Minos se enfureció más allá de lo imaginable. Él sabía perfectamente que Teseo no podría haber encontrado la salida del palacio maldito sin la ayuda del único hombre en Creta que tenía la solución: Dédalo, el constructor del laberinto.

Dédalo era un gran arquitecto y también inventor. Era capaz de diseñar toda clase de artefactos mecánicos y podía imaginar, proyectar y dirigir la construcción de cualquier edificio que se le encomendara, siempre con imaginación y sentido de belleza.

Por eso cuando el rey Minos decidió construir un palacio maldito que sirviera para encerrar y contener al príncipe Minotauro, el monstruo con cuerpo de hombre y cabeza de toro que había parido su esposa, no dudó en consultar a Dédalo.

Y Dédalo creó el laberinto: un inmenso palacio sin techo, donde no entraban cortesanos ni servidores. Sólo el

Minotauro vivía allí, siempre solo, con sus mugidos de fiera, perdido en los infinitos corredores, pasillos, salas, jardines y escaleras que no llevaban a ningún lado. Su propio constructor, el gran Dédalo, jamás hubiera podido encontrar la salida sin tener un plano. Y sin embargo...

Cuando Teseo logró salir del laberinto, el rey Minos no dudó: Dédalo tenía que haberlo ayudado. Y, sin escuchar su defensa, lo hizo encerrar en su propia trampa, junto con Ícaro, su joven hijo. El Minotauro ya no estaba allí, pero Ícaro y Dédalo estaban condenados a morir de hambre y sed sin poder escapar del palacio maldito. El rey Minos, sospechando la trampa de Teseo, se había asegurado de que no llevaran nada parecido a un plano ni a un ovillo de cordel.

Encerrado en el laberinto, Dédalo comenzó inmediatamente a pensar en la forma de escapar. Sabía que no tenían mucho tiempo. Viendo la gran cantidad de plumas de pájaro que se habían acumulado en el suelo del palacio sin techo, tuvo una gran idea. Con ramas que tomó de los jardines y un poco de cera que encontró en un panal de abejas, construyó para él y su hijo dos pares de enormes alas. Ya que no podían salir por donde habían entrado (aunque encontraran el camino, los soldados de Minos estarían esperándolos a la salida), huirían por arriba, hacia el Cielo.

—Ícaro, hijo, no debes volar muy bajo. Si las olas del mar te llegan a salpicar las plumas de las alas, se volverán más pesadas y ya no podrán sostenerte. Tampoco debes volar muy alto. El Sol podría derretir la cera y se despegarían las plumas.

—Sí, papá —dijo Ícaro.

Pero era demasiado joven. Apenas un adolescente que se sintió el rey de los cielos cuando agitó las alas y se encontró de pronto volando en el aire, como un pájaro, como una paloma, ¡como un águila! Voló detrás de su padre, pero cada vez más y más alto, hasta acercarse tanto al Sol que la cera se derritió y las plumas comenzaron a caerse de las alas.

Ícaro cayó al mar. Su padre Dédalo, desesperado, revoloteó un tiempo sobre el lugar donde su hijo había desaparecido, pero nada pudo hacer para ayudarlo. Cargando con su enorme dolor, Dédalo llegó sano y salvo a una ciudad donde siguió trabajando como arquitecto hasta su vejez.

Belerofonte y Quimera

Belerofonte era hijo de una noble familia de Corinto. Cuando todavía era muy joven, el destino quiso marcar su vida con la tragedia. Sin querer, en un accidente de caza, mató a un hombre. Perseguido por su propia culpa y por la venganza de los parientes, el muchacho tuvo que irse de su ciudad natal.

Un largo viaje lo llevó hasta Tirintos, donde fue muy bien recibido por el rey, encantado con sus modales de príncipe, su inteligencia y su simpatía. Pero el mal destino seguía persiguiendo a Belerofonte. También la esposa del rey estaba encantada con él y trató de enamorarlo. Cuando el muchacho la rechazó, indignado, ella fue a quejarse con su marido de que Belerofonte había intentado tomarla por la fuerza.

Había un solo castigo posible para un delito tan grave: la muerte. Pero el rey de Tirintos no quería romper la antigua ley de hospitalidad, que le prohibía matar a un hombre al que hubiera invitado a comer a su mesa.

Entonces decidió dejar el castigo a cargo de su suegro.

—Quisiera que le llevaras esta carta a mi suegro, que reina en Licia, donde te recibirá con todos los honores —le dijo a Belerofonte.

Yóbates, el rey de Licia, recibió al enviado de su yerno con un gran banquete. El mensaje que le entregó Belerofonte era muy breve. Decía simplemente:

Debes matar a quien te entregue esta carta.

Pero tampoco el rey de Licia quería matar a ese joven apuesto y agradable, que había comido en su mesa. Entonces se le ocurrió una gran idea. Liberarse de dos problemas al mismo tiempo. O, al menos, de uno de ellos.

Asolaba por entonces toda la región de Licia un espantoso monstruo, hijo, como tantos, de Equidna y Tifón. Era la Quimera, que tenía el torso de león, el resto del cuerpo de dragón, y dos cabezas, una de león y otra de cabra, por las que lanzaba fuego. Este monstruo mataba hombres y animales abrasándolos con sus llamas.

—Hijo mío —le dijo a Belerofonte—. Estoy dispuesto a compartir mi reino, dándole la mano de mi hija a quien libre a mi país de la Quimera.

—Dígame dónde está ese monstruo. ¡Yo lo mataré! —aseguró Belerofonte, que se sentía observado por los bellos ojos negros de la hija del rey, cuyas llamas podían quemar el corazón de un hombre casi tanto como las de la Quimera.

Excelente, pensó el rey. Si la Quimera mataba a Belerofonte, cumpliría con su yerno. Si Belerofonte mataba a la Quimera, al menos se vería libre del monstruo. Y si tenía mucha suerte, podrían matarse el uno al otro.

Belerofonte viajó hacia el Sur. Sabía que allí sería más fácil encontrar al monstruo. Ya no estaba tan tranquilo y tan seguro como en el banquete del palacio. Por el camino, la gente trataba de disuadirlo, contándole de qué manera horrible habían muerto otros jóvenes héroes en lucha contra la Quimera. Acampaba a orillas de un río, cuando vio un espectáculo asombroso, que jamás hubiera imaginado. Un caballo blanco, desplegando sus enormes alas, bajaba del cielo para beber de las aguas.

Era Pegaso, el caballo alado, el hijo de Medusa y Poseidón, que había brotado del cuerpo de la horrenda Medusa cuando el héroe Perseo le cortó la cabeza. Belerofonte se dio cuenta de que sólo podría vencer al monstruo si conseguía montar en ese extraordinario animal. Pero ¿cómo? Apenas trataba de acercarse, el caballo levantaba el vuelo. Y, sin embargo, no escapaba del todo, se quedaba siempre a su alcance. De pronto, una mujer enorme, imponente y hermosa con su escudo y su lanza, se apareció ante él. Era la diosa Atenea, que venía a ayudarlo, compadecida de su destino.

Atenea le entregó a Belerofonte unas bridas y riendas de oro.

—Si logras colocárselas, Pegaso se dejará montar.

Muchos días y mucha paciencia empleó el muchacho para hacerse amigo del caballo alado y conseguir que se dejara colocar las bridas de oro. Por fin lo logró y se montó en el animal. Cuando Pegaso salió volando por el aire, Belerofonte disfrutó del viento en la cara, miró las casas y los ríos pequeños allí abajo y sintió que era el dueño del mundo.

La lucha contra Quimera no fue larga. El héroe trató en primer lugar de mantenerla a raya con sus flechas. Pero el monstruo se acercaba cada vez más, decidido a quemarlo con su aliento de llamas. Entonces, Belerofonte puso en práctica un plan que se le había ocurrido mientras domesticaba a Pegaso. Empuñó una lanza muy larga, con la punta de acero templado, como todas. En esa punta había ensartado un trozo de plomo, un metal blando que se funde con facilidad.

Belerofonte atacó a la Quimera con su lanza y le metió en la boca la bola de metal. Fundido por el calor de las llamas que lanzaba la Quimera, el plomo derretido le atravesó la garganta, destruyendo sus órganos vitales.

Yóbates estaba desconcertado, pero contento. ¡Se había librado de la Quimera! Sin embargo, seguía en deuda con su yerno. Y tampoco tenía apuro en casar a su hija con ese extranjero, por valiente que fuera. Para tratar de remediar la situación, se le ocurrieron otras pruebas.

Así, envió primero a Belerofonte a luchar contra los sólimos, un pueblo famoso por su ansia guerrera, que asolaba las fronteras de Licia. Por supuesto, Belerofonte casi no necesitó ayuda para destruir al ejército de los sólimos.

A continuación, acompañado por un grupo de valientes, el héroe se enfrentó a las amazonas, y una vez más logró vencer.

En otra ocasión, sus enemigos le tendieron una emboscada, de la que salió sin una herida después de matarlos a todos.

Ahora sí, Yóbates estaba lleno de admiración por sus hazañas. Entonces le mostró a Belerofonte la carta de su yerno y le ofreció el premio que deseara por haber librado a su reino de tantos males.

—Nada deseo —dijo Belerofonte—, sino lo que me prometiste: la mano de tu hija menor.

Así, Belerofonte se casó con la hermana de la mujer que tanto había hecho para perderlo.

Y fueron muy felices hasta un día desgraciado en que el destino trágico volvió a alcanzar al héroe. Belerofonte quería más. No le alcanzaba con ser famoso y adorado por sus hazañas. Muchos habían matado monstruos. Muchos habían triunfado en la guerra. Él quería realizar una proeza tan grande que fuera única en la historia de los humanos. Montado en Pegaso, se propuso llegar hasta el mismísimo Olimpo. Pero Zeus no podía permitir que se alterara el orden del Universo. El Cielo no es el lugar de los mortales. Y, fulminándolo con uno de sus rayos, lo precipitó a tierra.

LA GUERRA DE TROYA

Una guerra de diez años

La manzana de la discordia

—¡No quiero que Eris venga a mi boda! —dijo la bella Tetis—. Es la diosa de la Discordia, sólo nos traerá problemas.

Peleo, su futuro marido, aceptó sin discutir. Era un gran rey, pero también era un simple mortal, muy orgulloso de que una ninfa del mar hubiera aceptado casarse con él.

Pero no invitar a Eris era tan peligroso como invitarla. Y quizá más.

Estaban en pleno banquete de bodas, al que habían sido invitados todos los dioses del Olimpo, cuando llegó el regalo de la Discordia. Una hermosísima manzana de oro del Jardín de las Hespérides rodó sobre la mesa como si la hubiera arrojado una mano invisible. Tenía una inscripción en grandes letras:

PARA LA MÁS HERMOSA

¿Y quién era la más hermosa? Estando presentes Atenea, Hera y Afrodita, la novia no se atrevió a reclamar el regalo. Las diosas se echaron miradas de fuego.

—¡Que lo decida mi padre Zeus! —dijo Atenea.

Pero el mismísimo Zeus temía la cólera de las diosas. La decisión no era fácil para él, que era el suegro de Afrodita, el padre de Atenea y estaba casado con Hera. ¿Quién podría ser un buen juez en tan delicada cuestión? Entonces Zeus pensó en uno de los hijos de Príamo, el rey de Troya. El joven Paris era inteligente, apuesto, y no parecía corrompido por las riquezas y el poder. Era famoso y muy consultado por sus sensatas decisiones. Sería un juez justo.

Y tan justo era Paris que cuando Hermes, el mensajero de los dioses, bajó a comunicarle la decisión de Zeus, su primera elección fue la mejor y la que se debió haber tomado: que se dividiera la manzana en tres partes. Pero las diosas no aceptaron la división y le exigieron que eligiera entre las tres.

En el monte Ida se realizó el juicio. Cada una de las diosas, por separado, se entrevistó con Paris. Cada una descubrió para él todas sus bellezas. Y cada una le ofreció un soborno irresistible.

—Tendrás todo el poder —le dijo Hera—. Si me eliges a mí, te haré el emperador del Asia.

—Tendrás sabiduría —le dijo Atenea—. Si me eliges a mí, serás el más sabio y el mejor en la guerra.

—Mira este espejo mágico —le dijo Afrodita, la diosa del amor. Y Paris vio por primera vez a Helena y supo por qué la llamaban la mujer más hermosa del mundo. Afrodita le prometió, simplemente, el amor de Helena. Fue suficiente.

—Afrodita es la más bella de las diosas —declaró Paris. Y le entregó la manzana de oro.

Hera y Atenea, despechadas, se fueron tramando venganza contra Paris, contra Troya y contra todos los malditos troyanos. Y quizás no fuera tan difícil cumplir sus propósitos. Porque Helena no sólo era hija de Zeus y hermana de los Dióscuros, Cástor y Pólux. No sólo era la mujer más hermosa y más deseada del mundo. También era una mujer casada: la esposa de Menelao, el rey de Esparta.

La terrible, la destructora Guerra de Troya estaba a punto de comenzar.

El rapto de Helena

La belleza de Helena ya había sido causa de muchas desventuras. Todavía era una niña cuando fue raptada por Teseo, y sus hermanos Cástor y Pólux tuvieron que rescatarla. Unos años después, todos los reyes y príncipes de Grecia querían casarse con ella. La familia de Helena temía que la elección desatara una guerra entre los pretendientes.

Hasta que Odiseo[16], el más inteligente y astuto, les propuso una gran idea:

—Todos los pretendientes debemos jurar que defenderemos al marido que Helena elija contra cualquiera que pretenda atacarlo.

Así se hizo, y sólo entonces Helena se atrevió a informar sobre su decisión: quería casarse con el bravo Menelao, el rey de Esparta.

A cambio de su buen consejo, a Odiseo se le concedió la mano de una prima de Helena: la leal y bondadosa Penélope.

Helena y Menelao tuvieron una hija. Parecía un matrimonio feliz. Un día, poco después del Juicio de Paris, Menelao decidió visitar Troya, con la intención de mejorar las relaciones comerciales con su país. Paris, el hijo de Príamo, el rey de Troya, lo recibió con tantas muestras de amistad que Menelao lo invitó, a su vez, a conocer Esparta. El buen Menelao, amable y confiado, no se imaginaba que Paris sólo pensaba en conseguir el amor de su esposa Helena.

El encuentro entre Paris y Helena provocó en los dos una loca pasión que apenas pudieron disimular. Allí estaba Afrodita, la diosa del amor, para avivar las llamas. Unos días después, Menelao recibió la noticia de que su padre había muerto en la isla de Creta. Debía asistir al fu-

---

[16] Ulises en la mitología romana.

neral. Con mucho dolor, se despidió por unos días de su invitado y su esposa, que quedaba a cargo del gobierno de Esparta.

Esa misma noche Helena hizo cargar en la más rápida de las naves los tesoros del palacio, que había heredado de su padrastro. Entretanto, con ayuda de sus hombres, Paris robó el oro del templo de Apolo. A toda vela, zarparon hacia Troya.

Los troyanos recibieron con enorme alegría a Paris y Helena, cargados de riquezas. Estaban muy orgullosos de la hazaña de su príncipe. Con ayuda de Afrodita, hasta el rey Príamo perdió la cabeza por la belleza de Helena. ¡Que ni se hablara de devolvérsela a los griegos!

La expedición de los aliados

La diosa Hera, que odiaba a Paris, avisó inmediatamente a Menelao. Furioso, el marido engañado decidió preparar una expedición para castigar a Paris y a toda Troya por el rapto de su mujer.

En primer lugar, le pidió ayuda a su hermano Agamenón, que estaba casado con Clitemnestra, una hermana de Helena. Al principio, Agamenón lo intentó por las buenas, pero el rey Príamo le devolvió a sus mensajeros con las manos vacías.

—Si Helena se llevó con ella su tesoro —les dijo—, es prueba de que eligió a mi hijo Paris por su propia voluntad.

Entonces Agamenón, invocando el juramento que habían hecho todos los pretendientes (defender al marido de Helena), los convocó a la guerra contra Troya.

Además de su juramento, los reyes griegos tenían buenas razones para la guerra. Troya y sus ciudades aliadas dominaban el estrecho que daba entrada al Mar Negro y cobraba altos impuestos por dejar pasar hacia Grecia todos los productos que venían de Oriente: especias, perfumes, piedras preciosas y muchos otros.

Agamenón y su amigo Palamedes fueron a buscar a Odiseo, rey de Ítaca. Sabían que necesitarían su inteligencia en la guerra. Pero Odiseo no quería participar en la expedición contra Troya. El oráculo había dicho que, si partía, tardaría veinte años en volver a su casa.

Cuando Agamenón y Palamedes llegaron a Ítaca, se encontraron a Odiseo arando la playa y sembrando sal en la arena. Si trataban de hablarle, respondía con risotadas y frases inconexas. ¿Estaba loco?

Palamedes también era muy inteligente. El hijito de Odiseo y Penélope era un bebé. Palamedes lo arrancó de los brazos de su madre y lo puso en el suelo, por donde tenía que pasar la cuchilla del arado. Odiseo soltó inmediatamente el arado y corrió a levantar a su hijo. Demostró así que tan loco no estaba y no le quedó más remedio que recibir a los visitantes, conversar con ellos y acordar su participación en esa guerra que no era la suya.

—El joven Aquiles debe luchar con nosotros —dijo Odiseo.

—Lo necesitamos —acordó Agamenón—. Pero no será fácil encontrarlo. Su madre Tetis no quiere que vaya a la guerra.

Aquiles era hijo de Peleo y Tetis, en cuya famosa boda había comenzado el disgusto entre las diosas que ahora llevaba a la guerra entre los hombres: Eris, la diosa de la Discordia, se había salido con la suya.

Cuando Aquiles nació, la ninfa Tetis lo llevo al río Estigia y, sosteniéndolo del talón, lo sumergió entero en las aguas sagradas. A partir de ese momento, Aquiles fue invulnerable... excepto su famoso talón derecho, que no alcanzó a mojarse y era el único punto débil de su cuerpo. Por ser hijo de una inmortal, Aquiles creció rápidamente y en poco tiempo se había convertido en un joven guerrero dispuesto a la lucha.

Pero su madre insistía en protegerlo. Los adivinos habían dicho que no volvería vivo de la guerra contra Troya. Tetis lo escondió, entonces, en la corte del rey de Esciros, disfrazado de jovencita.

Odiseo había escuchado el rumor y viajó a Esciros con un cofre de regalos para las princesas. Todas las muchachitas corrieron a ver de qué se trataba. De pronto, a un gesto de Odiseo, el trompeta tocó la alarma: ¡llegaban enemigos!

Todas las muchachitas huyeron excepto una, que sacó del cofre un escudo, se lo calzó sobre la túnica de lino y, tomando una espada, se lanzó hacia la puerta.

A Odiseo no le costó mucho convencer a Aquiles de que participara en la expedición contra Troya.

El sacrificio de Ifigenia

Jamás en la historia de la humanidad se había visto una flota como la que los griegos reunieron contra Troya. Había más de mil naves, llegadas de todos los rincones del Peloponeso. Agamenón, el cuñado de Helena, comandaba la expedición.

Pero era inútil que los barcos trataran de avanzar hacia Troya. La diosa Afrodita, para proteger a Paris, había enviado tormentas, vientos contrarios, y toda clase de dificultades. Y de pronto se enfrentaron a una calma total. Las velas caían lánguidas sobre los mástiles. Los soldados murmuraban, los reyes dudaban en seguir adelante.

—Artemisa, la diosa de la caza, está ofendida —dijo Calcas, el adivino, sin estar muy seguro—. Agamenón se jactó de tener más puntería que ella. Para apaciguarla, el rey debe sacrificar a su hija Ifigenia.

Agamenón no quería que su hija fuera sacrificada y trató de impedirlo, pero fracasó. Los jefes griegos amenazaban con reemplazarlo. Finalmente enviaron a un mensajero en busca de Ifigenia, engañando a ella y a su madre con la noticia de que la casarían con Aquiles.

Cuando Ifigenia supo la verdad, no aceptó que Aquiles saliera en su defensa. Ella misma se ofreció al sacrificio para asegurar la victoria de los griegos. Pero en el momento en que el puñal de Calcas estaba a punto de clavarse en su cuerpo, la diosa Artemisa la rescató en un destello de fuego y la puso a salvo en una lejana región, donde se convirtió en una de sus sacerdotisas.

Con vientos favorables, los aqueos partieron hacia Troya.

El sitio de Troya

Los griegos habían llegado por fin a una isla desde la que avistaban la ciudad de Troya. Pero nada sería fácil en esta guerra, trágica para todos los contendientes. Las desdichas volvieron a comenzar cuando una serpiente mordió en el pie al rey Filoctetes. Su presencia era importantísima en la guerra, porque Filoctetes había sido el mejor amigo de Heracles, y había heredado su arco y las famosas flechas embebidas en la sangre de la Hidra de Lerna. A causa de la picadura, su pie se hinchó y comenzó a oler de una manera espantosa. Un dolor terrible lo hacía lanzar alaridos. El mal olor y los gritos desmoralizaban a las tropas. Agamenón tuvo que tomar la dura decisión de dejar a Filoctetes abandonado en la isla de Lemnos, donde sobrevivió alimentándose de los animales que cazaba, sin que su herida curara.

Había pasado un año cuando las naves aqueas consiguieron llegar a Troya. Los troyanos intentaron por todos los medios de impedir el desembarco y, como no lo lograron, se aprestaron para la batalla. Fue una lucha feroz y sanguinaria. Cicno, un hijo del dios Poseidón, tan invulnerable a las armas como Aquiles, dirigía a los troyanos. Las flechas, las espadas y las lanzas rebotaban contra su piel. Entonces Aquiles lo golpeó en la cara con la empuñadura de su espada hasta arrojarlo contra una roca, se arrodilló sobre su pecho y lo estranguló con la correa de su casco.

Los troyanos comenzaron a perder la batalla y tuvieron que huir a refugiarse en la ciudad. Entonces los griegos aprovecharon para hundir todos los barcos de la flota enemiga, que había quedado sin custodia. Después arrastraron sus propias naves sobre la playa y construyeron una empalizada de troncos alrededor.

Eran muchos, eran fuertes, eran valientes, estaban bien armados: creyeron que tomar Troya sería cuestión de un par de días. Tres veces atacaron la ciudad y tres veces tuvieron que retirarse con grandes pérdidas. No habían contado con las excelentes defensas y la fortificación de Troya, más la determinación de sus guerreros.

—Tendremos que sitiar la ciudad —decidió Agamenón—. ¡Troya se rendirá por hambre!

Pero ¿cómo establecer un sitio realmente eficaz? Por mar era fácil. Por tierra era casi imposible. Los aqueos necesitaban muchos hombres para custodiar las naves: si los troyanos llegaban a destruirlas, estaban perdidos. Con los hombres que quedaban no alcanzaba para rodear la ciudad. Establecieron algunos campamentos armados alrededor de Troya, pero todas las noches los troyanos conseguían hacer entrar provisiones.

—El sitio de Troya durará nueve años —había predicho Calcas, el adivino.

Y nadie le había creído hasta que el tiempo empezó a pasar sin que ninguno de los dos bandos lograra triunfar sobre el otro. De tanto en tanto, el ejército troyano se lanzaba sobre los griegos tratando de expulsarlos, o los griegos volvían a intentar la toma de la ciudad. En esas terribles batallas, en las que intervenían también los dioses, morían muchos hombres sin que se decidiera el final de la guerra. Entre los aqueos, el enorme Áyax, primo de Aquiles, se distinguía por su valor. Entre los troyanos, pocos luchaban como Héctor, el hermano de Paris.

Por consejo de Odiseo, los griegos decidieron enviar naves al mando de Aquiles para atacar y saquear todas las islas y las ciudades de la costa que favorecían a Troya. Así obtendrían provisiones y botín, pero además dejarían al rey Príamo y a sus hijos sin aliados.

Entretanto, los sitiadores extrañaban sus casas, sus esposas, sus hijos y se aburrían interminablemente. No fue extraño que se volviera tan popular y querido Palamedes cuando inventó un juego con trocitos de huesos bien pulidos en forma de cubos, que tenían grabados números en sus caras. ¡Eran los primeros dados!

En una oportunidad, Paris y Menelao pidieron una tregua para batirse en un duelo personal, a muerte, por el amor de Helena. Y allí podría haber terminado, de la manera más justa, la Guerra de Troya, si no fuera por la intervención de los dioses. Cuando Menelao estaba a punto de matar a Paris, la diosa Afrodita lo protegió, haciéndolo invisible. Atenea, a su vez, disfrazada de troyano, provocó la ruptura de la tregua y los ejércitos se enfrentaron una vez más.

Sólo el gran Zeus hubiera podido impedir que la guerra siguiera su curso, pero no quería intervenir para no irritar a las diosas. Cuando su ánimo se inclinaba por defender a Troya, su esposa Hera lo persuadía de volver a la imparcialidad.

El noveno año de la guerra

Aquiles junto a su inseparable amigo Patroclo y al frente de sus hombres, los mirmidones, día tras día llevaba las naves aqueas a la lucha y volvía cargado de botín. Pero Agamenón, como jefe de las fuerzas griegas, había decidido un sistema de reparto que a Aquiles le parecía muy injusto. ¿Por qué tenían que quedarse con lo mejor todos esos reyes que se quedaban a resguardo en el sitio de Troya, mientras él luchaba sin descanso?

Casi nueve años llevaba ya esta historia de muertes y desgracias cuando un grave conflicto estalló entre los aqueos.

En el reparto del botín, la hija de un sacerdote de Apolo había sido entregada como esclava a Agamenón. Su padre ofreció rescate, pero Agamenón se negó a devolverla. Entonces el dios Apolo, muy enojado, se dedicó a lanzar contra los griegos sus flechas, que llevaban la peste. Los guerreros griegos enfermaban y morían sin la oportunidad de luchar.

¿Quién me protegerá si digo cómo acabar con la peste? —preguntó Calcas, el adivino.

—Yo lo haré —aseguró Aquiles.

Pero cuando Calcas informó que había que devolver a la hija del sacerdote de Apolo, Agamenón se enojó muchísimo y culpó a Aquiles.

—Si yo tengo que entregar a mi esclava preferida, Aquiles tiene que hacer lo mismo —se empeñó Agamenón. Y esa noche mandó a dos hombres a secuestrar a la esclava de Aquiles de su tienda.

Los dos grandes jefes, que siempre se habían odiado, estaban a punto de enfrentarse por las armas, haciendo combatir a los griegos entre sí. La propia diosa Atenea tuvo que intervenir para calmar la disputa. Hasta en el Olimpo hubo malestar y discusiones entre los dioses.

Aquiles estaba tan enojado que decidió apartarse de la lucha. Se encerró en su tienda y dejó que los aqueos se enfrentaran con los troyanos sin su ayuda. Obedeciendo órdenes de su jefe, tampoco sus hombres, los mirmidones, intervenían ya en la guerra. Los troyanos comenzaron a sacar ventaja. Héctor y Paris obtenían todos los días grandes triunfos para sus tropas y comenzaban a soñar con librarse de los aqueos empujándolos al mar.

Después de varios días de combate, los troyanos habían logrado avanzar hasta la empalizada que protegía los barcos griegos. Los griegos morían a centenares mientras trataban de impedir que sus enemigos se acercaran a las naves para quemarlas con antorchas encendidas.

Entonces Patroclo, el gran amigo de Aquiles, decidió que había llegado el momento de intervenir en el combate.

—Si no quieres dar el brazo a torcer —le dijo a Aquiles—, al menos préstame tu armadura. Los mirmidones me seguirán, los griegos se animarán al confundirme con el gran Aquiles, y los troyanos temblarán de miedo.

Y así fue. Creyendo que Aquiles había vuelto a la lucha, sus hombres lo siguieron y consiguieron rechazar a los troyanos, y de ese modo los alejaron de las naves aqueas.

Entonces Héctor, el más grande de los guerreros troyanos, desafió al supuesto Aquiles a un duelo personal. El dios Apolo, que seguía muy enojado con los griegos, intervino a favor de Héctor. Su lanza atravesó a Patroclo.

El dolor de Aquiles ante la muerte de su amigo no tuvo límites. Durante toda una noche se escuchó el llanto del héroe en el campamento.

Agamenón había aprendido la lección: sin Aquiles no tenían posibilidades contra los troyanos. Llegaron a un acuerdo y Aquiles fue nombrado en forma provisoria comandante en jefe de las fuerzas aqueas.

Al día siguiente, los dos ejércitos se enfrentaron en el campo de batalla con una inesperada novedad: Zeus había decidido que todos los dioses podían tomar parte en la batalla y luchar entre ellos o contra los hombres si así lo deseaban. Diez dioses se enfrentaron entre sí, apoyando a aqueos o troyanos.

Aquiles buscaba a Héctor para vengar la muerte de su amigo Patroclo. El enfrentamiento se produjo junto a las murallas de Troya. Con ayuda de Atenea, el héroe griego consiguió matar al valiente jefe del ejército troyano y, enganchándolo a su carro de guerra, dio cuatro vueltas a la ciudad arrastrando el cadáver.

Los griegos habían ganado esa batalla, pero los troyanos ganaban otras. La guerra parecía eterna.

La muerte de los héroes

Nuevos aliados llegaban ahora de toda Asia Menor para ayudar al rey Príamo contra los griegos.

En uno de los combates, Paris, ansioso por vengar la muerte de su hermano, lanzó sus flechas contra Aquiles. El propio dios Apolo intervino entonces, y dirigió una de las flechas directamente hacia el talón derecho, el único punto vulnerable del gran guerrero. Aquiles cayó muerto.

Tanto Áyax como Odiseo pidieron entonces la armadura de Aquiles, que había sido fabricada por el mismísimo dios Hefesto. Tetis, la ninfa marina madre de Aquiles, le dijo a Agamenón que debía elegir al más valiente. Agamenón le entregó la armadura a Odiseo.

Ciego de rabia, Áyax juró vengarse. Pero Atenea lo volvió loco. Creyendo luchar contra sus enemigos en el consejo real, Áyax atacó los rebaños que él mismo había logrado capturar en sus ataques a granjas troyanas.

—¡Muere, maldito Agamenón! ¡Muere, tramposo Odiseo! —gritaba Áyax, matando ovejas, cabras y corderos.

Cuando volvió en sí y descubrió lo que había hecho, se llenó de vergüenza y sólo pensó en quitarse la vida. Se mató lanzándose sobre su propia espada.

Calcas, el adivino, predijo finalmente al Consejo Real que sólo podrían tomar Troya con el arco y las flechas de Heracles. Sólo entonces los griegos recordaron a Filoctetes, que había sido abandonado con su herida dolorosa y maloliente en la isla de Lemnos. Allí lo encontraron, milagrosamente vivo. Con la promesa de curarlo, consiguieron llevarlo a las puertas de Troya. En efecto, el gran médico Asclepio consiguió sanar su inmunda herida.

Entonces Filoctetes desafió a Paris a un duelo con arco y flecha. Gravemente herido por las flechas envenenadas, Paris consiguió escapar y entrar en Troya, donde murió en brazos de Helena.

Sin Paris, Helena ya no quería permanecer en Troya, pero el rey Príamo no aceptaba de ningún modo devolverla a Menelao. Sus hijos se peleaban entre sí por su amor. Helena trató de escapar, pero fue capturada por los centinelas. Deifobo, uno de los hermanos de Paris, decidió casarse con ella por la fuerza.

El caballo de madera

La guerra parecía estancada. Los aqueos estaban hartos del sitio, de vivir en un campamento, de luchar y luchar sin conseguir nada. Todos deseaban volver a su querida Grecia, a sus casas, a sus familias.

Fue entonces cuando el ingenioso Odiseo propuso la famosa trampa que cambiaría la historia y quedaría para siempre en la memoria de los hombres: el caballo de madera. La propia Atenea le inspiró la idea. Era increíblemente simple y el Consejo la aprobó de inmediato.

Al mejor carpintero de todo el ejército griego se le ordenó construir un enorme caballo hueco, hecho de tablas de abeto. Tenía una escotilla oculta en el flanco derecho y del otro lado había una frase en grandes letras que decía:

DESPUÉS DE NUEVE AÑOS DE
AUSENCIA, ROGANDO POR UN
REGRESO SEGURO A LA PATRIA,
LOS GRIEGOS OFRENDAN ESTE
CABALLO A LA DIOSA ATENEA.

Veintidós hombres armados, al mando de Odiseo y Menelao, el marido de Helena, entraron al caballo con una escala de cuerdas. Se jugaban la vida.

El resto del ejército fingió una retirada total. Incendiaron el campamento, echaron todas las naves al mar y remaron alejándose de la costa. Pero se quedaron escondidos en el primer lugar desde donde los troyanos no alcanzaban a verlos, esperando la señal que los haría volver.

Por la mañana, los exploradores troyanos llevaron la increíble noticia: ¡los griegos habían levantado el sitio! El caballo de madera era lo único que quedaba intacto en el campamento destruido.

El rey Príamo y sus hijos decidieron entrar el caballo a la ciudad. ¡Era el símbolo de su triunfo sobre los aqueos! Trajeron una armazón con ruedas para trasladarlo y no fue fácil. Entre otras cosas, era demasiado grande para las puertas de la ciudad. Había sido construido así con toda intención: para despistar a los troyanos y para que tuvieran que romper la muralla si querían meterlo en la ciudad. Con tremendo esfuerzo, los troyanos lograron hacer entrar al caballo.

Casandra, la hija de Príamo, tenía el don de la adivinación. Pero, porque había rechazado al dios Apolo, llevaba sobre ella una terrible maldición: sus profecías nunca serían escuchadas.

—¡Ese caballo está repleto de hombres armados! —gritó Casandra. Y, como siempre, se rieron de ella.

Después de casi diez años, la guerra había terminado. El pueblo de Troya no podía creer en tanta alegría. Durante todo el día y buena parte de la noche, la ciudad entera festejó alrededor del caballo abandonado por el enemigo. Los soldados, las madres, los príncipes, los mendigos, las doncellas, los artesanos, todos cantaron y bailaron y bebieron y festejaron durante horas hasta caer rendidos en el sueño más profundo. Sólo Helena permanecía despierta, atenta a todo, escuchando el silencio. Odiaba a su nuevo marido Deifobo, el hermano de Paris, que la había tomado por la fuerza.

Era medianoche cuando los guerreros salieron del caballo. Un grupo de hombres fue a abrir las puertas de Troya para que entrara Agamenón con todo el ejército. Otros mataron a los centinelas borrachos.

Y los griegos tomaron la ciudad de Troya.

La masacre fue atroz. Muchos troyanos fueron asesinados mientras dormían.

Menelao y Odiseo corrieron a la casa de Deifobo, que luchó valientemente por su vida. Estaba a punto de matar a Menelao cuando la mismísima Helena lo apuñaló por la espalda. Menelao iba dispuesto a cortarle la cabeza a esa maldita mujer que lo había engañado y había provocado la guerra. Pero al verla otra vez en toda su belleza y su coraje, capaz de matar a un hombre para salvarle la vida, decidió perdonarla y llevarla consigo.

Durante tres días y tres noches, las fuerzas griegas saquearon Troya sin piedad. Después quemaron las casas y derrumbaron las murallas. Para asegurarse de que no habría venganza, mataron a todos los hijos y nietos de Príamo, incluso a los niños.

Las naves aqueas volvían por fin a la patria. Pero los reyes griegos que habían tomado parte en esta aventura, que habían saqueado Troya sin piedad y sin medida, serían castigados por los dioses.

Entre ellos, el ingenioso Odiseo sería condenado a vagar durante diez años por islas y mares antes de poder volver a su querida Ítaca, a su esposa Penélope, a su hijo Telémaco.

La Guerra de Troya había terminado. La gran Odisea estaba a punto de comenzar.

Odiseo, el regreso

Cicones y lotófagos

La Guerra de Troya había terminado. Después de diez años de luchas y penurias, los guerreros aqueos regresaban a sus ciudades y sus islas, triunfadores. O, al menos, sobrevivientes.

Odiseo y su flota partieron rumbo a su querida isla de Ítaca. El plan era acompañar a los barcos de Agamenón una parte del camino.

Pero ése era el plan de los hombres. Los dioses no lo habían dispuesto así. Una tempestad separó las dos flotas. Empujados por el viento, Odiseo y sus hombres llegaron a la costa de Tracia, donde no fueron bien recibidos. En terrible lucha contra sus habitantes, los cicones, tomaron y saquearon la ciudad de Ísmaro. Odiseo sólo le perdonó la vida a un sacerdote de Apolo que, en agradecimiento, le regaló muchos odres de vino dulce tan fuerte que, para beberlo, había que diluir una copa en veinte copas de agua.

Siempre a merced de vientos contrarios, los barcos griegos llegaron luego a una isla desconocida. Odiseo envió a tres hombres a informarse sobre sus habitantes. Pero los hombres no volvieron. Un contingente armado fue a buscarlos y los encontró sanos y salvos, comiendo un delicioso fruto del país, en alegre compañía con sus habitantes, los lotófagos.

Quien probaba los lotos perdía la memoria y, por lo tanto, la humanidad. Los tres exploradores de Odiseo ya no recordaban ni los horrores de la guerra ni las alegrías de su patria, ni siquiera sus propios nombres. Sólo querían quedarse allí, comiendo lotos. Tuvieron que embarcarlos por la fuerza, con la esperanza de que el efecto de los frutos no durara para siempre.

Polifemo, el ciclope

La siguiente escala fue en la isla de Sicilia. Odiseo y sus hombres se adentraron en tierra para buscar provisiones. Habían matado varias cabras cuando encontraron una enorme caverna que parecía habitada. Allí había queso, cuajada y otras delicias. Mientras las probaban, encantados, llegó el dueño de la cueva, un pastor con su rebaño.

Pero los héroes aqueos jamás habían visto un pastor como ése: era un cíclope, un gigante enorme, con un solo ojo en medio de la frente. Antes de que nadie hubiera atinado a escapar, el cíclope cerró la puerta de la cueva con una roca tan inmensa que ni siquiera veintidós carros de cuatro ruedas hubieran logrado moverla.

Sólo entonces Polifemo prestó atención a los hombres.

—Somos griegos —se presentó Odiseo—. Venimos de la famosa Guerra de Troya. Danos tu hospitalidad en nombre de Zeus.

—Yo soy Polifemo. Los cíclopes no tememos a Zeus —dijo el gigante. Luego tomó a dos de los marineros, les rompió el cráneo contra la roca, les quitó la ropa y se los comió, sin perdonar tripas ni huesos.

Satisfecho, se echó a dormir. Odiseo refrenó el impulso de matarlo porque se dio cuenta de que entre todos sus hombres no podrían mover la roca que tapaba la cueva. ¡Estaban atrapados!

Por la mañana, el cíclope se comió a otros dos hombres como desayuno y volvió a salir con su rebaño.

En cuanto se quedaron solos, Odiseo, con ayuda de sus guerreros, tomó una enorme rama de olivo del tamaño de un mástil, que el cíclope guardaba para leña, y le aguzó la punta con la espada. Caía la noche cuando Polifemo volvió con su rebaño. Mató a otros dos hombres, los condimentó y se los comió de cena. Viéndolo saciado, Odiseo se atrevió a acercarse y le ofreció probar el vino que le había dado el sacerdote de Apolo en Ísmaro.

El cíclope lo encontró delicioso.

—¿Cómo te llamas? —le preguntó a Odiseo.

—Mi nombre es Nadie —contestó el ingenioso héroe.

—A cambio de tu exquisito vino te haré un regalo: Nadie, he decidido comerte al último.

Y después de ofrecer su generoso regalo, Polifemo cayó en el profundo sueño de la embriaguez.

Odiseo y cuatro de sus hombres tomaron entonces la estaca, con la punta calentada al fuego, y entre todos se la clavaron al cíclope dormido en el único ojo, haciéndola girar. Polifemo se despertó con un rugido de dolor y de furia. Tenía la cara ensangrentada y estaba ciego.

Atraídos por sus gritos, los demás cíclopes llegaron hasta la entrada de la caverna, preguntando qué pasaba.

—¡Nadie me engañó! —aullaba Polifemo—. ¡Nadie me mata!

—Si nadie te ataca, nada podemos hacer. Que los dioses te libren de tu mal —le contestaron su amigos. Y volvieron a sus cuevas.

Ciego, Polifemo no conseguía atrapar a los hombres. Al día siguiente, las cabras y las ovejas balaban de hambre. El cíclope quitó la roca que cerraba la entrada y dejó salir a los animales, palpándoles el lomo para asegurarse de que los hombres no escaparan. Pero Odiseo había hecho que cada uno de sus hombres fuera atado al vientre de una oveja. Él mismo ató al último y, de un salto, se instaló debajo de un carnero, agarrándose de la lana con todas sus fuerzas.

Una vez más, la inteligencia había triunfado sobre la fuerza bruta. Una vez más, Odiseo y sus hombres pusieron proa hacia la patria.

Eolo, el Señor de los Vientos

Los aqueos fueron más afortunados en la siguiente escala. Eolo, el Señor de los Vientos, los recibió generosamente en su palacio. Cuando decidieron seguir el viaje, Eolo le entregó a Odiseo una bolsa de cuero.

—Cuida mucho esta bolsa —le dijo—. Aquí están encerrados todos los vientos del mundo. No los dejes salir. Sólo he dejado libre una suave brisa que los llevará directamente a Ítaca.

Odiseo no podía creerlo. Durante varios días avanzaron rápidamente y en la dirección correcta. La felicidad lo mantenía despierto casi todo el tiempo. Hasta que tuvieron a la vista la costa de Ítaca, no se permitió dormir. Entonces, tranquilo al fin, cayó en un sueño profundo.

—¿Por qué Odiseo no comparte con nosotros los tesoros que le regaló Eolo? —preguntó entonces uno de los tripulantes.

Y un grupo de descontentos abrió la bolsa. Todos los vientos salieron al mismo tiempo, con una violencia atroz. En una sola hora estaban de vuelta en la isla de Eolo, que se negó a ayudarlos otra vez.

Ahora la calma era absoluta y los aqueos tuvieron que usar sus remos para avanzar penosamente. Seis días después llegaron a la isla de los lestrigones, que resultaron ser gigantes caníbales. Cuando se dieron cuenta de que otra vez habían caído en una trampa, los exploradores griegos corrieron a sus naves, pero los lestrigones los persiguieron y comenzaron a destruir los barcos arrojando rocas desde los acantilados. Con lanzas atravesaban a los náufragos como si fueran peces, y se los comían con deleite.

Sólo Odiseo tuvo la calma necesaria como para cortar las amarras. Sus marineros remaron desesperadamente y se alejaron de la isla de los lestrigones.

La flota ya no existía. La mayoría de los hombres había muerto. Un barco solitario al mando de Odiseo seguía intentando llegar a Ítaca.

Circe, la hechicera

Azotado por un vendaval, el barco tocó tierra en una isla poblada de extraños animales: lobos y leones parecían saludar a los hombres y se acercaban a lamerlos con afecto.

Un grupo de valientes salió en busca de agua dulce y provisiones. Era la isla de Circe, diosa y hechicera. Con tanta gentileza invitó a los exploradores a su palacio, que esos hombres precavidos por la desdicha (pero hambrientos) aceptaron compartir el banquete. Sólo uno se negó a entrar y, al ver que los demás no volvían, corrió a informar a Odiseo la horrible noticia: Circe los había convertido en cerdos. También los extraños lobos y leones habían sido seres humanos.

El héroe corrió al rescate de sus hombres. Por el camino, el dios Hermes le entregó una poción mágica que lo protegería de los hechizos de Circe.

Cuando la hechicera comprobó que ese hombre era inmune a su magia, se dio cuenta de que debía de ser el gran Odiseo, del que mucho le habían hablado. Perdidamente enamorada, aceptó devolver a todos sus hombres a la forma humana.

Odiseo se quedó a vivir con Circe, mientras él y sus hombres reponían fuerzas. Pero pasó más de un año y los hombres empezaron a murmurar. Extrañaban su patria. También Odiseo quería volver junto a su mujer, Penélope, y a Telémaco, ese hijo al que había dejado cuando era apenas un bebé.

—Te dejaré ir —dijo Circe, con lágrimas en los ojos—, pero sólo si bajas antes al Reino de los Muertos, a consultar a Tiresias, el adivino. No quiero que sufras más desgracias en tu viaje.

Con ayuda de Circe, Odiseo fue uno de los pocos hombres que entraron vivos al reino de Hades, como Heracles antes que él. Las sombras, gimiendo, se reunieron para rogar que les permitiera beber la sangre de los animales sacrificados a los dioses. Odiseo se encontró allí con su madre, con Aquiles y con varios de los héroes muertos en la Guerra de Troya. También estaba la sombra de Agamenón, asesinado por el amante de su esposa al llegar a Micenas.

—El viaje de regreso será largo y terrible —predijo la sombra de Tiresias—. Pero volverás a Ítaca. Llegarás solo, en un barco extranjero, y tendrás que luchar para recuperar el trono.

De vuelta en su isla, Circe despidió al héroe con enorme pena y con sabios consejos para vencer los obstáculos que encontraría en el camino.

Odiseo y sus hombres se lanzaron al ancho mar desconocido. Otra vez rumbo a la isla de Ítaca, la siempre deseada, la siempre lejana.

Sirenas y otros monstruos

Siguiendo los consejos de Circe, Odiseo se preparó para pasar sin daño cerca de la isla de las sirenas, pájaros con cara de mujer que hechizaban a los marineros con su canto, haciendo que los barcos se estrellaran contra los escollos.

El héroe ordenó a todos sus hombres taparse los oídos con cera. Pero como tenía muchísima curiosidad por conocer el famoso canto de las sirenas, se hizo atar al mástil para escucharlas sin riesgo.

—Si trato de soltarme, átenme con más fuerza —ordenó.

Y cuando, enloquecido por la canción mágica, Odiseo trató de desatarse para arrojarse al mar, sus marineros,

que no lo oían, cumplieron lo pactado. Así consiguieron pasar el primer obstáculo.

Pero un poco más adelante los esperaban las Rocas Errantes. Y cuando consiguieron atravesarlas, se encontraron con el estrecho entre Escila, con sus seis perros gigantescos, y Caribdis, el horrendo ser que bebía tres veces por día el agua del mar para después expulsarla en forma de remolino. Como Jasón y sus argonautas, el barco de Odiseo consiguió pasar entre los dos monstruos, pero perdieron varios hombres en las fauces de Escila.

Los sobrevivientes atracaron en la tierra de Helios, el dios Sol, donde estaban sus tentadores rebaños de vacas blancas. Odiseo ordenó respetarlas. Pero, mientras dormía, sus compañeros, hambrientos y desesperados, mataron varios animales. Sólo Odiseo se negó a participar en el banquete sacrílego.

Helios se quejó a Zeus de la falta de respeto de los hombres. En cuanto se hicieron otra vez a la mar, Zeus, indignado, lanzó un rayo que hundió la nave.

Todos los que habían probado el ganado de Helios murieron ahogados. Odiseo flotó solo y desesperado durante nueve días, aferrado a un mástil, hasta llegar a las orillas de otra isla. Eran los dominios de la ninfa Calipso.

Calipso, la ninfa

También Calipso se enamoró de Odiseo y usó todos sus poderes de mujer divina para retenerlo. Durante años, Odiseo vivió junto a Calipso, en esa isla que era para él paraíso y prisión al mismo tiempo.

Se pasaba los días sentado en la playa mirando tristemente el mar. Calipso trataba de distraerlo de todas las maneras posibles. Ella y su corte de ninfas improvisaban fiestas y banquetes. Llegó a ofrecerle incluso el bien más preciado para los hombres: la inmortalidad. Y sin embargo no consiguió que Odiseo olvidara a Ítaca y a su familia.

Finalmente, el dios Hermes llegó con una orden directa de Zeus. Calipso debía dejar que Odiseo continuara su viaje. Llorando, la ninfa le dio los materiales y las herramientas para construir una pequeña embarcación, que aprovisionó ella misma con los más deliciosos manjares.

Se despidieron con un beso y Odiseo se lanzó una vez más a los peligros del mar.

Nausicaa, la princesa

Al salir de la isla de Calipso, una tempestad dio vuelta a la balsa de Odiseo. Dos días sobrevivió en el mar, aferrado a una tabla, hasta que las olas lo arrojaron a la playa en el país de los feacios.

La princesa de ese reino, la bella Nausicaa, y sus doncellas habían ido a lavar la ropa en la desembocadura del río. Jugaban a la pelota cuando de pronto vieron a un hombre desnudo entre los matorrales. Era Odiseo. Las jovencitas se asustaron, pero la princesa Nausicaa no tuvo miedo. Le prestó ropa y conversó con él. Convencida, al escucharlo, de que se trataba de un gran noble, lo llevó al palacio de su padre.

Odiseo fue muy bien recibido por los reyes. Como siempre, la princesa se había enamorado de él, y le ofrecieron su mano. Como siempre, la rechazó.

—Ya tengo esposa. Se llama Penélope. Y tengo un hijo que era apenas un bebé cuando dejé Ítaca. Telémaco debe de tener ya más de veinte años, no conoce a su padre y ni siquiera sabe que está vivo.

La tierra de los feacios estaba cerca de Ítaca. El rey ordenó que uno de sus barcos lo llevara hasta su patria. Una vez más, a la vista de su querida isla, un profundo sueño venció a Odiseo. Los feacios no se atrevieron a despertarlo y lo dejaron dormido en la playa de Ítaca.

Odiseo en Ítaca

Cuando Odiseo despertó, un pastorcillo estaba junto a él. Era la diosa Atenea, su antigua protectora, que había llegado para ayudarlo. La diosa le aconsejó que sólo se diera a conocer a su viejo porquerizo, Eumeo, que lo informaría sobre la situación en la isla.

—Ciento ocho hombres pretenden a tu mujer y tu trono —le dijo Eumeo, después de la emoción del reencuentro—. Si ninguno se atrevió a tomarlos, es sólo por miedo a los demás. Quieren que Penélope elija a tu sucesor. Entretanto, para obligarla, se instalaron en tu palacio. Comen, beben y se divierten gastando tu tesoro.

—¿Qué fue de mi hijo Telémaco?

—Es un bravo joven, les hace frente sin miedo, y sospecho que planean matarlo en cuanto vuelva de su viaje a Esparta.

—¿Y mi padre? ¿Está vivo?

—Sí, Laertes está muy viejo, pero vive todavía. Penélope está bordando su mortaja y aseguró a los pretendientes que en cuanto termine el trabajo, elegirá a uno de ellos por esposo y rey de Ítaca.

—¡Ah, entonces me engaña!

—No, los engaña a ellos. La ven trabajar todo el día, pero por las noches ella deshace el bordado, de manera que nunca avanza. Los pretendientes están impacientes.

Odiseo era demasiado inteligente para ceder a sus deseos de entrar al palacio con la espada en la mano. Al día siguiente, disfrazado de mendigo, fue a comprobar con sus propios ojos lo que estaba pasando. Al llegar al palacio se encontró con un viejísimo perro agonizante, tirado sobre un montón de estiércol. El animal se puso de pie sobre sus débiles patas, movió la cola, y antes de morir lanzó un ladrido de felicidad. ¡Era su perro Argos, el cariñoso cachorro que había tenido que dejar cuando partió a la guerra!

Los pretendientes de Penélope se burlaron cruelmente del supuesto mendigo y no quisieron darle ni siquiera los restos. Pero cuando otro limosnero lo desafió a pelear, Odiseo lo derrotó de un solo golpe.

Telémaco volvió de Esparta y gracias a Atenea pudo escapar a la emboscada de los pretendientes. En la tienda de Eumeo se encontró con su padre, al que abrazó emocionado. Los tres prepararon un plan para librarse de sus enemigos.

Esa noche, siguiendo las órdenes de su padre, Telémaco hizo transportar al piso alto todas las armas del palacio. Penélope, enterada de la llegada de un mendigo extranjero, quiso hablar con él para preguntarle por su marido. No reconoció a ese hombre vestido de harapos y con la cara tiznada, que le habló de un encuentro con Odiseo en camino a un oráculo. Agradecida, Penélope le pidió a una anciana criada que le lavara los pies. La vieja, que lo había cuidado cuando era niño, reconoció una cicatriz en la pierna, pero Odiseo la obligó al silencio. Todavía no se sentía seguro de Penélope.

Al día siguiente, aconsejada por Telémaco, la fiel Penélope anunció a los pretendientes que se casaría con el que demostrara mejor puntería. Todos debían disparar sus flechas con un mismo arco: el de Odiseo.

Pero para usar el arco primero había que tensarlo, es decir, doblarlo y colocarle la cuerda. El arco había sido construido para un hombre muy fuerte y además la madera estaba rígida porque hacía veinte años que nadie lo usaba. Uno tras otro los pretendientes trataron inútilmente de tensar el arco.

Hasta que, en medio de protestas y de insultos, el mendigo harapiento tomó el arco entre sus brazos poderosos, lo tensó sin dificultad, disparó dando en el blanco... y siguió disparando, esta vez a la garganta de los pretendientes. En ese momento entró Telémaco con la espada desenvainada y, con la ayuda de Eumeo y de otro criado, mataron a todos sus enemigos.

Sólo entonces Odiseo se volvió hacia Penélope.

—Si todavía no sabes quién soy, te describiré nuestro lecho, que yo mismo construí con ramas de olivo.

Penélope se abrazó a su marido llorando de alegría.

Odiseo y Penélope gobernaron Ítaca en paz y con felicidad durante largos años. Tal como lo había predicho la sombra de Tiresias, Odiseo murió en su querida isla, muy anciano y muy lejos del mar.

LOS DIOSES DEL OLIMPO

ZEUS
(Júpiter en la mitología romana)

Hijo de Titanes, Zeus enfrentó a su padre Cronos por el dominio del Universo y después a su abuela Gea, la Tierra. Victorioso en sus luchas por la conquista del poder, Zeus se convirtió en el más grande de los dioses olímpicos, y reinó sobre ellos así como sobre los mortales. Pero nunca fue un dios todopoderoso ni perfecto. Tuvo defectos y debilidades humanas. Se enamoró muchas veces, de diosas y mujeres, y muchas veces mintió y engañó para seducirlas. Sus peleas con su esposa Hera fueron la diversión y la comidilla del Olimpo.

Y sin embargo también es un dios gigantesco y justo, que mantiene el orden del Universo. Él mismo está sometido a las leyes del destino, que nadie puede burlar. En la puerta de su palacio hay dos jarras: una contiene todos los bienes y la otra todos los males, que Zeus dispensa de acuerdo con su divino sentido de la justicia, a veces difícil de comprender para los simples mortales.

AFRODITA
(Venus en la mitología romana)

En los comienzos del tiempo, mucho antes de que existieran los dioses del Olimpo, Cronos, el titán de mente retorcida, mutiló a su padre Urano y arrojó sus genitales al mar. Allí donde cayeron nació la bellísima Afrodita, la diosa de la belleza y el amor. Nunca tuvo infancia: apareció entre la espuma de las olas como una hermosísima mujer.

Cuando los olímpicos vencieron a sus enemigos, el gran Zeus se convirtió en el amo del Universo y tuvo miedo de que la belleza de Afrodita fuera causa de disgustos y peleas entre los dioses. Por eso la casó con su hijo Hefesto, el dios del fuego y de la fragua.

Pero su marido era feo, rengo, deforme, y Afrodita estaba perdidamente enamorada de Ares, el salvaje dios de la batalla. De sus amores con Ares tuvo muchos hijos, entre ellos Deimos y Fobos (el Terror y el Miedo), que acompañaban a su padre en las batallas, pero también Eros, el dios del amor, mucho más parecido a su madre.

El enojo de Afrodita era muy peligroso, porque el amor apasionado puede causar catástrofes. Pero también eran peligrosos sus favores, como sucedió cuando hizo que Helena se enamorara de Paris y provocó así la Guerra de Troya.

Aunque no logró que los troyanos ganaran la guerra, Afrodita los protegió en todo momento. Con uno de ellos, Anquises, la diosa tuvo a su hijo Eneas y los defendió a los dos cuando escaparon de la ciudad en llamas en busca de una nueva patria. Los romanos se consideraban descendientes de Eneas y, por eso, Roma estuvo siempre bajo la protección de Afrodita-Venus.

POSEIDÓN
(Neptuno en la mitología romana)

Es el penúltimo hijo de Cronos y Rea. Cuando los dioses olímpicos vencieron a su padre y al resto de los Titanes, a Poseidón le tocó en suerte el dominio de los mares y océanos, de los lagos y lagunas. Nunca reinó, en cambio, sobre los tres mil dioses ríos.

Poseidón es un dios muy malhumorado. Los mortales temen los golpes de su tridente, capaces de provocar naufragios, terremotos y maremotos que se llevan parte de la costa. En cambio, cuando está de buen humor, asegura un mar calmo, navegación tranquila y es capaz de hacer surgir nuevas islas del fondo del océano.

Cuando la ciudad de Atenas debía ser consagrada a uno de los dioses, Poseidón y Atenea compitieron por ella. Con un golpe de su tridente, Poseidón le regaló a la ciudad una laguna de agua salada. Atenea le entregó el olivo. El rey de la ciudad y también sus habitantes eligieron el olivo, que les daba alimento, aceite y madera, en lugar del agua salada que de poco les servía. Poseidón se puso tan furioso que inundó la llanura de la Eleusis.

Sólo el poderoso Poseidón podía atreverse a enamorar a la terrible Medusa, con sus colmillos de jabalí, su cabellera de serpientes y su mirada capaz de convertir en piedra a los mortales. El famoso caballo alado, Pegaso, fue el hijo de la temible pareja.

HADES
(Plutón en la mitología romana)

También Hades es hijo de Cronos y Rea. Cuando los Olímpicos vencieron a los Titanes y se repartieron el Universo, al dios Hades le tocó en suerte el inframundo, el Reino de los Muertos.

Desde entonces reina allí, con la ayuda de genios y demonios, y no es bueno pronunciar su nombre. Hades no conoce la compasión. No permite que las sombras de los muertos vuelvan a la Tierra ni deja que entren los mortales al reino de las sombras.

Para llegar hasta su reino, los muertos deben cruzar un río oscuro y turbulento, el Aqueronte. Sólo el barquero Caronte puede atravesarlo con su nave desvencijada, pero hay que pagarle por el viaje. Por eso los griegos enterraban a sus muertos con una moneda de un óbolo en la boca, el precio de la barca de Caronte. Las sombras sin dinero se agolpan gimiendo en las orillas del Aqueronte.

Hades se enamoró de su sobrina, la bella Perséfone, y la raptó. Sólo tres meses por año la deja volver junto a su madre, Deméter.

Muy pocos mortales consiguieron entrar a su reino. Uno de ellos fue el gran héroe Teseo, a quien Hades encadenó por su osadía. Otro fue Heracles, que consiguió liberar a Teseo. Sólo el más grande los músicos, Orfeo, el único que consiguió acallar con su lira y su canto la voz de las mismísimas sirenas, tuvo permiso para llevarse del Mundo Subterráneo a su mujer Eurídice otra vez hacia la vida. Hades le aseguró que ella lo seguiría, a condición de que Orfeo no se diese vuelta a mirarla. Pero el músico no pudo resistir la duda. ¿Venía realmente Eurídice siguiendo sus pasos? Y al darse vuelta para comprobarlo, la perdió para siempre.

En lugar de su peligroso nombre, los romanos optaron por llamarlo a veces Plutón, que significa "el rico", porque Hades es el dueño de todo el oro y la plata que se esconde debajo de la tierra.

HERA
(Juno en la mitología romana)

Como su marido Zeus, la diosa Hera es hija de Cronos y Rea. Se dice que su divino esposo la enamoró en tiempos muy antiguos, cuando todavía reinaban Cronos y los Titanes.

Después de afirmar su poder sobre el Universo, Zeus se casó con Hera en una boda importante y solemne. Tuvieron cuatro hijos, entre ellos, a los dioses olímpicos Hefesto y Ares.

Pero Hera nunca fue feliz en su matrimonio, porque su marido era demasiado enamoradizo: le gustaban las diosas, las ninfas, las mujeres mortales, y estaba dispuesto a cualquier engaño con tal de seducirlas.

Hera se hizo famosa por sus terribles celos. Perseguía de todas las maneras posibles a las amantes de su marido y odiaba con todas sus fuerzas a los hijos que Zeus había tenido fuera de su matrimonio. Trató de impedir el nacimiento del famoso héroe Heracles, y cuando no lo consiguió, consagró todos sus esfuerzos a destruirlo. Los dioses Apolo y Artemisa nunca habrían nacido si hubiera sido por Hera, que prohibió que su madre Leto pudiera dar a luz.

A pesar de eso, o tal vez precisamente por eso, Hera fue la diosa del matrimonio y la fidelidad, y la protectora de las mujeres casadas.

DEMÉTER
(Ceres en la mitología romana)

Deméter es la diosa de la tierra cultivada y del trigo. Es hija de Cronos y de Rea, como sus hermanos Zeus, Hades, Hestia, Hera y Poseidón.

Tuvo una sola hija, Perséfone, a la que adoraba. La muchachita, toda luz y alegría, se criaba feliz en compañía de Atenea y Artemisa, las otras hijas de Zeus. Pero su tenebroso tío Hades, el rey del mundo subterráneo, se enamoró de ella.

Cierto día, Perséfone estaba juntando flores para adornar su morada en el Olimpo y se inclinó para arrancar un lirio. En ese momento la tierra se abrió, apareció Hades y tomó a Perséfone por la cintura. Inmediatamente volvió a hundirse en las profundidades de su reino. Deméter alcanzó a escuchar el grito que había lanzado Perséfone al hundirse en la tierra. La madre, desesperada, dejó el Olimpo y salió a buscar a su hija por el mundo. Durante nueve días y nueve noches, sin comer ni beber, Deméter recorrió todo el mundo conocido hasta enterarse de lo sucedido por los habitantes de la región donde se había realizado el rapto.

Furiosa con su hermano Hades, decidió no regresar al Olimpo hasta que no le devolvieran a su hija. Transformada en una anciana, se sentó durante días enteros en una roca, llamada desde entonces "Piedra sin alegría".

Después se empleó como nodriza y al niño que ayudó a criar le dio como misión difundir el cultivo de trigo en el mundo.

Pero, entretanto, al faltar Deméter del Olimpo, la tierra entera se volvió estéril y ya nada crecía en ella. Zeus ordenó a Hades que devolviera a Perséfone, para restablecer el orden del Universo.

Y sin embargo ni siquiera Zeus podía hacer que Perséfone volviera con su madre. Porque cualquiera que come o bebe algo en el mundo de los muertos queda atrapado para siempre. El error de Perséfone fue probar, convidada por su marido, una simple semilla de granada. Ya no podría regresar al Olimpo.

Zeus tuvo que encontrar la manera de conformar a Deméter para convencerla de que volviera a hacerse cargo de sus deberes de diosa. Perséfone tendría que vivir para siempre en el Mundo de los Muertos, pero cada año podría volver por tres meses a la Tierra, para estar cerca de su madre. Desde entonces, cada vez que su hija vuelve a la Tierra, la felicidad de Deméter hace que broten los tallos, crezcan las hojas, se abran las flores. Los mortales le llaman Primavera.

HESTIA
(Vesta en la mitología romana)

Hestia es la diosa del hogar y la familia. Es la hermana mayor de Zeus, la primera hija de Cronos y Rea, y la primera en ser devorada por su padre.

Poseidón y Apolo se enamoraron de Hestia al mismo tiempo y pidieron su mano, pero ella quería ser virgen para siempre y consiguió que Zeus le permitiera mantenerse soltera.

Agradecido por la decisión de Hestia, que evitó una nueva lucha entre los dioses, Zeus le concedió honores muy grandes: no sólo sería objeto de culto en todas las casas de los hombres, sino que podría ser honrada también en el templo de cualquier otro dios.

Hestia nunca quiso intervenir en los asuntos de los hombres, una de las grandes diversiones de los demás dioses. Siempre inmóvil en el centro del Olimpo, al cuidado del fuego sagrado, representó el refugio del cariño familiar, el lugar tranquilo y seguro adonde volver después de viajes y aventuras. Tal vez por eso siempre se llevó tan bien con Hermes, el más viajero de los dioses.

Fue la inventora del arte de construir casas y la responsable de la felicidad conyugal y la armonía familiar.

Hestia es el fuego que da calor y vida a los hogares.

ATENEA
(Minerva en la mitología romana)

La primera mujer del gran Zeus, antes que Hera, fue Metis, la Prudencia. Cuando quedó encinta, el dios consultó a sus abuelos, Gea y Urano, sobre el destino de sus descendientes.

Lo que Gea y Urano adivinaron sobre el futuro era bastante difícil de aceptar. El bebé que Metis tenía en su vientre era una hija. Si Metis daba a luz a esa hija, después tendría un varón destinado a destronar a su padre.

Zeus no quería encerrar a sus hijos, como su abuelo Urano, y mucho menos devorarlos, como su padre Cronos. Desesperado, trataba de idear una manera de escapar del destino, cuando la propia Metis lo persuadió con una extraña propuesta.

—Trágame —le dijo a su marido—. Trágame entera sin hacerme daño. Así, cuando llegue el momento del parto, no seré yo la que dé a luz a nuestra hija, sino que saldrá de tu propio cuerpo.

Y así fue. Cuando llegó el momento del parto, Zeus le ordenó a Hefesto que le partiera la cabeza de un hachazo. De la cabeza de Zeus salió Atenea, que no era un bebé, sino una joven diosa enteramente armada para la guerra.

Atenea es una diosa guerrera, pero también es la diosa de la sabiduría. Como diosa de la guerra, a ella le corresponde decidir las cuestiones estratégicas, mientras que el horror y la confusión de la batalla quedan a cargo de su medio hermano Ares. La ciudad de Atenas le está dedicada.

HEFESTO
(Vulcano en la mitología romana)

Hefesto es hijo de Zeus y de su legítima esposa, la diosa Hera. Se cuenta que Hera, siempre celosa de los amoríos de Zeus con las mujeres mortales, estaba discutiendo con su marido cuando Hefesto, todavía niño, salió en defensa de su madre. Furioso con su hijo, Zeus lo tomó de un pie y lo arrojó fuera del Olimpo. No temía que muriese en la caída, porque como hijo de dioses, Hefesto era inmortal. El pobre muchacho cayó, cayó y cayó por el espacio durante horas, hasta que, al final del día, chocó con la Tierra. Desde entonces le quedó para siempre esa renguera que lo diferenciaba de los demás Inmortales.

Sin embargo, Hefesto es un dios muy poderoso. Todos los volcanes son sus fraguas. Trabaja allí con la ayuda de los Cíclopes y cuando lo desea puede lanzar fuego, humo y lava sobre la tierra.

A pesar de su fealdad, se casó con la más bella de todas las diosas, la increíble Afrodita. Pero Afrodita no lo amaba y pronto escapó con Ares, el dios de la batalla. Helios, el Sol, que todo lo ve, fue a contarle al marido engañado dónde estaban Ares y Afrodita.

Ahora bien, Hefesto era famoso por sus invenciones. En sus fraguas podía fabricar armas, herramientas y todo tipo de maravillas. Lo que hizo esta vez fue fabricar una red indestructible y al mismo tiempo invisible. Envolvió en ella a los culpables mientras dormían, impidiéndoles todo movimiento, y llamó a todos los dioses del Olimpo para que contemplaran el espectáculo. Las divinidades rieron y rieron a costa de los amantes, que no podían escapar. Apenas Hefesto la dejó libre, Afrodita huyó avergonzada.

Pero Hefesto no se quedó solo. A pesar de su poco atractivo físico, siempre consigue ser amado por mujeres hermosas.

ARES
(Marte en la mitología romana)

Hijo de Zeus y Hera, Ares es el dios de la guerra. Pero su media hermana Atenea es la que se encarga de las cuestiones estratégicas, aplicando su prudencia y su sabiduría. En cambio, Ares es el dios del horror y la confusión de la batalla. Sus principales ayudantes son sus hijos Deimos y Fobos, el Terror y el Miedo, nacidos de sus amores con Afrodita. También la diosa de la Discordia tiene un lugar en su carro de guerra. Ares encarna la fuerza bruta, y sólo le importa la matanza y la sangre. Como no tiene ningún sentido de justicia, cuando los hombres luchan entre sí, le da lo mismo ayudar a cualquiera de los dos bandos: y eso fue lo que hizo en la Guerra de Troya.

Heracles, que también era fuerte pero mucho más inteligente, lo hirió en dos ocasiones. Como cualquier dios, Ares era inmortal, pero sufría como si fuera humano el dolor de las heridas.

Con su casco en forma de cresta, participaba en las batallas montado en su carro de guerra: una cuadriga tirada por cuatro caballos inmortales que respiraban fuego.

Fue el eterno enamorado de la bellísima Afrodita, con la que tuvo varios hijos, burlando a su marido Hefesto.

De su unión con la ninfa Harmonía nacieron las primeras amazonas, las terribles mujeres guerreras.

ARTEMISA
(Diana en la mitología romana)

Leto, una hija de Titanes, había quedado encinta del gran Zeus. Hera, la esposa de Zeus, loca de celos, trató de impedir que nacieran esos niños y prohibió que nadie en tierra firme le diera refugio a Leto para su parto. Sin embargo, Zeus encontró para Leto una tierra que no era firme: la isla flotante de Delos. Allí nacieron los mellizos divinos: la primera en nacer fue Artemisa, que surgió del vientre de su madre ya convertida en una joven adulta, y ayudó con el parto de su hermano Apolo. Desde entonces, como agradecimiento de los dioses, cuatro fuertes columnas mantienen a la isla de Delos atada al fondo del mar.

Poco después de nacer, los hermanos mellizos tuvieron que luchar con el gigante Ticio, que por encargo de Hera intentó atacar a su madre. Artemisa y su hermano Apolo lo derribaron a flechazos.

Hermosa, salvaje, vengativa, independiente, así era Artemisa, que nunca se interesó en ningún varón, humano o inmortal. Diosa de la caza, le gustaba vagar por los bosques con su arco y sus flechas. Protegía a los cazadores, pero también a las fieras salvajes, sus amigas y compañeras.

Artemisa defendía, además, a las amazonas, que eran, como ella, mujeres solas, fuertes, independientes, guerreras y cazadoras.

APOLO
(Febo en la mitología romana)

Apolo es el hermano mellizo de Artemisa, hijo de Zeus y Leto. Después del penoso parto de su madre, que la celosa Hera trató de impedir, Zeus le regaló a su hijo el don de la adivinación, una mitra de oro, un carro tirado por cisnes y le ordenó que fuera a Delfos.

Pero los cisnes llevaron a Apolo al País de los Hiperbóreos, más allá de la patria del Viento Norte, donde el cielo es siempre puro. Recién un año después, en pleno verano, llegaron a Grecia. Apolo era tan hermoso que la Naturaleza se alegraba con su presencia: las cigarras y los ruiseñores cantaban en su honor, las fuentes se volvían más cristalinas, el mundo entero se embellecía a su paso.

En Delfos vivía el dragón Pitón, que asustaba a las ninfas, mataba al ganado y a los campesinos y corrompía el agua de los manantiales y los arroyos. Apolo lo mató a flechazos y estableció para siempre el famoso Oráculo de Delfos, que le fue consagrado, y que sería consultado durante muchísimos siglos.

Nadie tenía un cuerpo tan perfecto como el de Apolo, nadie tenía una cara tan bella, que enamoraba por igual a ninfas, diosas y mortales. Y, sin embargo, Apolo amó locamente a Casandra sin ser correspondido. Para seducirla, le prometió que le enseñaría el arte de la adivinación. Pero cuando Casandra hubo aprendido lo que deseaba, se atrevió a rechazar al dios. En venganza, Apolo le quitó el don de inspirar confianza. Desde entonces, la desdichada era capaz de adivinar el futuro con cruel precisión... pero nadie le creía.

Uno de los hijos de Apolo fue Esculapio, el dios de la medicina. Llegó tan lejos en su arte que finalmente consiguió resucitar a los muertos. Ésa era una grave alteración en el orden del Universo, algo que Zeus no podía permitir. Con uno de sus rayos, mató a Esculapio.

Apolo estaba furioso. Como no podía atacar directamente a Zeus, quiso vengar la muerte de su hijo matando a los cíclopes a flechazos. El castigo de Zeus fue obligarlo a servir como pastor de un rey, convertido en simple mortal. Fue en ese momento cuando su hermano Hermes, recién nacido, le robó el ganado, para después cambiárselo por la lira.

Apolo es el dios de la profecía, de la música y de los pastores, pero es también un dios guerrero capaz de matar rápidamente y a distancia con sus flechas certeras, como su hermana Artemisa.

HERMES
(Mercurio en la mitología romana)

Hermes es el menor de los hijos de Zeus. Su madre fue una ninfa, una de las siete Pléyades, tiempo después convertidas en estrellas.

El mismo día de su nacimiento, Hermes se retorció hasta librarse de las vendas con las que aseguraban a los recién nacidos y viajó hasta una región lejana, donde su hermano Apolo, transformado en hombre, cuidaba un rebaño por orden de Zeus. Aprovechando una distracción de Apolo, le robó todo el ganado, atando una rama a la cola de cada uno de los animales para que borraran sus huellas al caminar. (Por esa hazaña, el dios Hermes es considerado el protector de los ladrones). Después sacrificó a dos de los animales a todos los dioses del Olimpo, para asegurarse su buena voluntad. Con los intestinos de una de las víctimas y el caparazón de una tortuga, inventó la lira.

Cuando Apolo llegó, furioso, a quejarse del robo, la madre de Hermes le mostró al niño en pañales. ¿Cómo podía acusar a un bebé? Pero Zeus, qué conocía la hazaña del pequeño, lo obligó a devolver a los animales.

—Te dejo quedarte con el ganado a cambio de la lira —propuso Apolo, que había escuchado, asombrado, la música que producía ese maravilloso instrumento.

Y asi fue.

Tiempo después, Hermes inventó también la flauta y la siringa, y se las cambió a Apolo por un bastón de oro que llevaba siempre consigo. Desde entonces, Apolo es considerado el dios de la música.

Zeus, orgulloso de su hijo menor, lo convirtió en el mensajero de los dioses. Con sus sandalias aladas, su bastón de oro y su sombrero de ala ancha, vuela por el Universo transmitiendo las órdenes de los Olímpicos. También está encargado de acompañar al reino de Hades a las sombras de los muertos, y por eso se le llama a veces "el Acompañante de las Almas".

DIONISO
(Baco en la mitología romana)

Tal vez por ser hijo de una mujer mortal, Dioniso no fue reconocido de inmediato como un dios y mucho menos como uno de los Olímpicos.

Hera, la celosa esposa de Zeus, se enteró de que una princesa humana iba a tener un hijo del dios y planeó una venganza. Disfrazada de criada, se ganó la confianza de Sémele y la hizo dudar de que su amado fuera realmente el rey de los dioses. La muchacha le pidió entonces al dios que se mostrara en todo su poder. Zeus se negó varias veces, pero ante la insistencia de Sémele, apareció en su máxima majestad, rodeado de rayos y relámpagos. La visión fue tan tremenda que la muchacha no pudo resistirla y cayó fulminada.

Zeus se apresuró a salvar al bebé que estaba en el vientre de su madre. Pero los seis meses de gestación no eran suficientes para que pudiera sobrevivir. Entonces el gran dios se abrió uno de sus gigantescos muslos, metió al bebé dentro de la herida y la volvió a cerrar. Tres meses después volvió a cortarse el muslo para que naciera el pequeño Dioniso.

Para evitar la furia de Hera, Zeus lo entregó para su crianza a una pareja de reyes. Ordenó primero que lo vistieran de mujer y, como no fue suficiente disfraz, se lo llevó otra vez consigo y lo transformó en cabrito. En esta forma lo criaron unas ninfas hasta que tuvo edad suficiente para defenderse por sí mismo.

Dioniso fue el dios del vino, el primero en descubrir las maravillosas posibilidades de la uva. Viajó por todo el mundo, al principio perseguido por Hera, que le envió la Locura. Pero Dioniso logró recobrar la razón y en cambio se apoderó de la Locura para usarla a su antojo, y así lo hace con los que abusan de su mágica bebida. Después siguió viajando y enseñando a los humanos a plantar vides y fabricar vino. En una expedición mitad guerrera y mitad divina, gracias a su ejército y sus poderes divinos, consiguió conquistar la India.

Cierta vez, en su forma humana, contrató los servicios de una nave para que lo condujera a una isla. Era una nave pirata, y sus tripulantes creyeron que sería fácil vender a ese joven tan hermoso como esclavo. Cuando Dioniso se dio cuenta, transformó los remos en serpientes, llenó el barco de hiedra y lo paralizó en medio del mar entre enramadas de parras, mientras sonaban flautas invisibles. Los piratas, enloquecidos, se arrojaron al mar, transformándose en delfines.

Sus viajes terminaron cuando el mundo entero lo reconoció como dios y Zeus le dio su lugar entre los demás Olímpicos. Entonces Dioniso, que no había conocido a su madre, rescató la sombra de Sémele del Mundo de los Muertos y la llevó con él al Cielo.

Ana María Shua

Nació en Buenos Aires en 1951. Era un domingo en la tarde, llovía, y fue el día más importante de su vida. Tres años después, empezó a leer y ya no pudo parar. Tanto leer tuvo consecuencias y las primeras fueron en verso. Rápidamente se convirtió en la poeta más famosa de toda su escuela primaria. Con un pequeño premio del Fondo de las Artes publicó su primer libro de poemas a los dieciséis años. Escribió para grandes y chicos. Entre sus muchos libros infantiles y juveniles se destacan *Las cosas que odio y otras exageraciones*, *Los devoradores*, *Cuentos con magia*, y la novela *Diario de un viaje imposible*. Recibió el Premio Municipal por *Miedo en el sur* y fue White Raven (de traducción recomendada) por la Biblioteca Juvenil de Munich con *La puerta para salir del mundo* (1992) y los *Cuentos con fantasmas y demonios* (1996). Obtuvo el premio Fantasía por *Vidas perpendiculares*.

Sus cuentos infantiles han sido publicados en Brasil, México, Colombia y otros países de América Latina, además de España, Estados Unidos de América y Corea.

Índice